哈福

哈福

哈福

哈福

自由行
迷你日語會話

（ 超實用，旅遊日語短句
教您敢說日語，逍遙玩日本 ）

JAPAN

用迷你日語，到日本去旅行

附QR碼線上音檔
行動學習 即刷即聽

小林英子
渡邊由里 ◎編著

哈福

巧用迷你日語
到日本自助旅行

　　您覺得說日語很困難嗎？如果是這樣，請您打開本書看看，裡面的每一句日語都是超短，而且確實能達到溝通效果的超迷你會話。

　　您是不是有這樣的經驗，好不容易到日本旅行了，卻一句日語也沒說就回來了？那就太可惜了！其實用日語跟日本人溝通並不困難的。

　　本書收集了在日本旅遊、生活時使用頻率最高、實用性最強的日常會話。其中最大的特色是，所有句子都是超短的，短到讓您一看就會說。有人會問，那真能溝通嗎？事實上，在那個場合、那個時候，這樣的超迷你句就能達到溝通的效果了。

　　有這樣的超迷你句，即使苦於學日語的人，也一定能輕鬆開口說話的。開口之後那溝通的愉悅，將會大大提升您說話的勇氣跟信心的。請拿這本書，輕鬆的、積極的跟日本人聊聊天吧！

本書使用方法

⊙ 本書配合每個場面，精選在日本旅遊、生活中使用頻率最高、實用性最強的日常會話。

⊙ 每一句會話，除了超迷你句之外，上面並附有一般的表現句。

⊙ 超短句下面的（　）中，是說明適合當時的場合必須的動作及注意事項。

⊙ 為了方便初學者，本書的開頭附有發音。每個超迷你句下面並標有羅馬字發音。

⊙ 為了發音、音調的自然正確，以及熟悉正常會話速度，請配合線上MP3學習，效果一定明顯大增的。

随手
筆記

發音

一、清音

段 行	あ		い		う		え		お	
ア	あア	a	いイ	i	うウ	u	えエ	e	おオ	o
カ	かカ	ka	きキ	ki	くク	ku	けケ	ke	こコ	ko
サ	さサ	sa	しシ	shi	すス	su	せセ	se	そソ	so
タ	たタ	ta	ちチ	chi	つツ	tsu	てテ	te	とト	to
ナ	なナ	na	にニ	ni	ヌ	nu	ねネ	ne	のノ	no
ハ	はハ	ha	ひヒ	hi	ふフ	hu	へへ	he	ほホ	ho
マ	まマ	ma	みミ	mi	むム	mu	めメ	me	もモ	mo
ヤ	やヤ	ya			ゆユ	yu			よヨ	yo
ラ	らラ	ra	りリ	ri	るル	ru	れレ	re	ろロ	ro
ワ	わワ	wa							をヲ	o
	んン	n								

二、濁音

段 行	あ		い		う		え		お	
が	がガ	ga	ぎギ	gi	ぐグ	gu	げゲ	ge	ごゴ	go
ざ	ざザ	za	じジ	ji	ずズ	zu	ぜゼ	ze	ぞゾ	zo
だ	だダ	da	ぢヂ	ji	づヅ	zu	でデ	de	どド	do
ば	ばバ	ba	びビ	bi	ぶブ	bu	べベ	be	ぼボ	bo

三、半濁音

段 行	あ		い		う		え		お	
ぱ	ぱパ	pa	ぴピ	pi	ぷプ	pu	ぺペ	pe	ぽポ	po

四、拗音

きゃ	キャ	kya	きゅ	キュ	kyu	きょ	キョ	kyo
しゃ	シャ	sha	しゅ	シュ	shu	しょ	ショ	sho
ちゃ	チャ	cha	ちゅ	チュ	chu	ちょ	チョ	cho
にゃ	ニャ	nya	にゅ	ニュ	nyu	にょ	ニョ	nyo
ひゃ	ヒャ	hya	ひゅ	ヒュ	hyu	ひょ	ヒョ	hyo
みゃ	ミャ	mya	みゅ	ミュ	myu	みょ	ミョ	myo
りゃ	リャ	rya	りゅ	リュ	ryu	りょ	リョ	ryo
ぎゃ	ギャ	gya	ぎゅ	ギュ	gyu	ぎょ	ギョ	gyo
じゃ	ジャ	ja	じゅ	ジュ	ju	じょ	ジョ	jo
びゃ	ビャ	bya	びゅ	ビュ	byu	びょ	ビョ	byo
ぴゃ	ピャ	pya	ぴゅ	ピュ	pyu	ぴょ	ピョ	pyo

日語字母

　　日語字母叫做假名，它是利用漢字創造出來的。日語的每個假名都有兩種寫法，一種叫平假名，另一種叫片假名。一般使用平假名，而片假名主要來表示外來語。現代日語書寫一般採用漢字和假名混用的方式。

第一章

在飛機內

1

在飛機上了！輕鬆地說幾句日語吧

找座位

MP3
3

我的座位在哪裡？

私の席はどこですか。
わたし　せき

超迷你句→**どこですか。**

doko desuka.
（邊出示登機證邊說）

行李要放在哪裡？

荷物はどこに置いたらいいでしょうか。
にもつ　　　　　お

超迷你句→**荷物はどこに。**
にもつ

nimotsu wa doko ni.

可以幫我換到窗邊的座位嗎？

<ruby>窓側<rt>まどがわ</rt></ruby>の<ruby>席<rt>せき</rt></ruby>にしていただけませんか。

超迷你句→<ruby>窓側<rt>まどがわ</rt></ruby>を<ruby>お願<rt>ねが</rt></ruby>いします。

madogawa o onegai shimasu.

能幫我換到朋友旁邊的座位嗎？

<ruby>友人<rt>ゆうじん</rt></ruby>の<ruby>隣<rt>となり</rt></ruby>の<ruby>席<rt>せき</rt></ruby>にしてもらえませんか。

超迷你句→<ruby>友人<rt>ゆうじん</rt></ruby>の<ruby>隣<rt>となり</rt></ruby>に。

yuujin no tonari ni.

（可以邊指著空座位邊說）

應急單字

スチュワーデス	空中小姐
<ruby>通路側<rt>つうろがわ</rt></ruby>	走道
<ruby>窓側<rt>まどがわ</rt></ruby>	窗邊
<ruby>手荷物<rt>てにもつ</rt></ruby>	手提行李
<ruby>離陸<rt>りりく</rt></ruby>	起飛
<ruby>着陸<rt>ちゃくりく</rt></ruby>	降落

2

放鬆心情享受一下飛行之樂

機內進餐

請給我雞排。

チキンの方^{ほう}をお願^{ねが}いします。

超迷你句→**チキンを。**

chikin o.
（後面雖省略了「お願いします」但意思是一樣的）

請再給我一瓶啤酒。

ビールをもう一本^{いっぽん}お願^{ねが}いします。

超迷你句→**ビールを。**

biiru o.
（同上）

請給我一杯紅葡萄酒。

赤ワインを一杯お願いします。

超迷你句→赤ワインください。

akawain kudasai.

（口語上常省略「ください」前面的助詞「を」）

請您給我一杯咖啡。

コーヒーを一杯いただけませんか。

超迷你句→コーヒー一杯。

koohii ippai.

請給我一杯水。

お水を一杯もらえませんか。

超迷你句→水、お願いします。

mizu onegai shimasu.

（「水」前面加「お」是比較有禮貌的）

請再給我一些紅茶。

もう少し<ruby>紅茶<rt>こうちゃ</rt></ruby>をもらえますか。

<ruby>超迷你句<rt>すこ</rt></ruby>→**すみません。<ruby>紅茶<rt>こうちゃ</rt></ruby>を。**

sumi masen. koocha o.

（跟服務人員要東西時，可以用「すみません」先做招呼）

請給我加冰塊的威士忌。

ウィスキーをロックで<ruby>お願<rt>ねが</rt></ruby>いします。

超迷你句→**ウィスキーをロックで。**

uisukii o rokku de.

應急單字

ビーフ	魚
<ruby>魚<rt>さかな</rt></ruby>	魚
アルコール	含酒精成分飲料
<ruby>白<rt>しろ</rt></ruby>ワイン	白葡萄酒
コ ラ	可樂
オレンジジュース	柳橙汁

請不要買太多了喔！旅遊從現在才開始呢

機內買免稅品

MP3
3

這個多少錢？

これはいくらですか。

超迷你句 → **これ、いくら。**

kore, ikura.

（以客為尊的日本，客人說話後面不加「です」等敬語，是很一般的）

付日幣可以嗎？

日本円で払ってもかまいませんか。

超迷你句 → **日本円でいいですか。**

nihon en de ii desuka.

（加上「です」等敬語，讓人感覺客氣有禮）

這裡可以用信用卡嗎？

ここではクレジットカードを扱(あつか)ってますか。

超迷你句→**カードでもいいですか。**
　　　　　kaado demo ii desuka.

有哪些品牌？

どんなブランドがありますか。

超迷你句→**ブランドは。**
　　　　　burando wa.
　　　　　（尾音提高，就有疑問的意味了）

給我這個。

これをください。

超迷你句→**これを。**
　　　　　kore o.
　　　　　（這裡後面省略了「ください」但意思是一樣的）

給我兩條領帶。

ネクタイを二本<ruby>二<rt>に</rt></ruby><ruby>本<rt>ほん</rt></ruby>ください。

超迷你句→ネクタイ<ruby>二<rt>に</rt></ruby><ruby>本<rt>ほん</rt></ruby>。

nekutai nihon.

🎯 應急單字

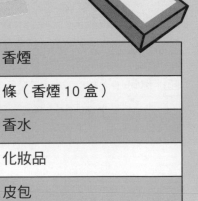

タバコ	香煙
カートン	條（香煙 10 盒）
<ruby>香水<rt>こうすい</rt></ruby>	香水
<ruby>化粧品<rt>けしょうひん</rt></ruby>	化妝品
<ruby>財布<rt>さいふ</rt></ruby>	皮包
<ruby>酒<rt>さけ</rt></ruby>	酒

4

積極地打開話匣子吧

跟鄰座的乘客聊天

MP3 3

可以抽煙嗎？

タバコを吸^すってもいいですか。

<u>超迷你句</u>→**いいですか。**

ii desuka.
（邊出示香煙邊說）

您從哪裡來的？

どちらからいらしたのですか。

<u>超迷你句</u>→**どちらからですか。**

dochira kara desuka.
（「どちら」比「どこ」有禮貌）

您到哪兒去？

どちらまで行<ruby>行<rt>い</rt></ruby>かれるのですか。

超迷你句→ **どちらまでですか。**

dochira made desuka.

你會說日語嗎？

<ruby>日本語<rt>にほんご</rt></ruby>は<ruby>話<rt>はな</rt></ruby>せますか。

超迷你句→ **<ruby>日本語<rt>にほんご</rt></ruby>は<ruby>大丈夫<rt>だいじょうぶ</rt></ruby>ですか。**

nihongo wa daijoobu.

（尾音要提高）

我完全不懂英語。

英語はまったくわからないんですよ。

超迷你句→**英語はだめです。**

eego wa dame desu.

我椅背可以往後倒嗎？

席を倒してもいいですか。

超迷你句→**いいですか。**

ii desuka.
（邊指著椅背邊說）

請您讓我過一下。

ちょっと通していただけますか。

超迷你句→**ちょっと失礼。**

chotto shitsuree.
（借過時的說法）

5

為了練習日語找漂亮的空姐聊聊吧

跟空姐聊天

MP3
3

什麼時候到？

いつごろ着きますか。

超迷你句→**到着は何時。**

toochaku wa nanji.

（尾音要提高）

現在飛到哪裡的上空？

いまどこの上空を飛んでいるのでしょうか。

超迷你句→**いまどこですか。**

ima doko desuka.

我手錶想調當地的時間。

時計を現地の時間に合わせたいのですが。

超迷你句→**現地時間は何時ですか。**

genchi jikan wa nanji desuka.

（手指著自己的手錶說會更有效）

電影在哪個頻道？

映画はどのチャンネルでやっていますか。

超迷你句→**映画を見たいです。**

eega o mitai desu.

（邊指著頻道說）

耳機有問題？

ヘッドホンの調子が悪いのですが。

超迷你句→**これ、おかしいです。**

kore, okashii desu.

（拿起耳機說）

我不舒服，有藥嗎？

気分が悪いのですが、薬はありますか。

超迷你句→**気持ちが悪くて。**

kimochi ga warukute.

請幫我拿一條毛毯。

毛布を一つ持ってきてもらえませんか。

超迷你句→**すみません。毛布を。**

sumimasen. moofu o.

（「すみません」有麻煩你的意思）

請您給我日本雜誌。

日本の雑誌をいただけませんか。

超迷你句→**日本の雑誌ください。**

nihon no zasshi kudasai.

應急單字

新聞（しんぶん）	新聞
雑誌（ざっし）	雑誌
毛布（もうふ）	毛毯
枕（まくら）	枕頭
ヘッドホン	耳機
入国カード（にゅうこく）	入境卡

可以再說慢一點嗎？

もっとゆっくりと話してもらえませんか。

超迷你句→**ゆっくりお願いします。**

yukkuri onegai shimasu.

可以請您再說一次嗎？

もう一度言っていただけませんか。

超迷你句→**えっ。**

e.

（「えっ」是「什麼？」的意思）

シートベルト	安全帶
禁煙	禁煙
サイン	信號
トイレ	廁所
荷物棚	行李架
非常用ボタン	緊急按扭

隨手
筆記

第二章

在機場

終於到日本了！鎮靜地回答就沒問題了

入境手續

MP3
4

我搭乘日亞航 204 班次來的。

日本アジア航空の２０４便で来ました。

超迷你句→ **JAA ２０４です。**

JAA nimaruyon desu.

（這裡的「0」唸「まる」）

來日本是為了觀光。

来日の目的は観光です。

超迷你句→ **観光です。**

kankoo desu.

為學日語而來的。

日本語を勉強するために来ました。

超迷你句→ **日本語の勉強で。**

nihongo no benkyoo de.

（這裡的「で」是「為了」之意）

 應急單字

出国審査 しゅっこく しんさ	入境審查
税関 ぜいかん	稅關
パスポート	護照
搭乗券 とうじょうけん	登機證
出国カード しゅっこく	入境卡
ビザ	簽證

為出席國際會議而來。

国際会議に出るために来ました。
こくさい かいぎ で き

超迷你句→**会議のためです。**
かいぎ

kaigi no tame desu.

（「ため」是為了的意思）

為留學來的。

留学で来ました。
りゅうがく き

超迷你句→**留学です。**
りゅうがく

ryuugaku desu.

35

為工作而來的。

仕事のために来ました。

超迷你句→ 仕事です。

shigoto desu.

為研究而來。

研究のために来ました。

超迷你句→研究です。

kenkyuu desu.

学生	學生
会社員	上班族
研究員	研究員
先生	老師
記者	記者
主婦	主婦

來看親戚。

親戚（しんせき）に会（あ）いに来（き）ました。

超迷你句→ **親族訪問（しんぞくほうもん）です。**

shinzoku hoomon desu.

（「訪問」請不要唸成「肛門」〈こうもん〉了）

準備進東京大學唸書。

東京大学（とうきょうだいがく）に 入学（にゅうがく）するつもりです。

超迷你句→ **東大（とうだい）に 入学（にゅうがく）します**

toodai ni nyuugaku shimasu.

我是初次到這裡的。

こちらへは初めてです。

超迷你句→ **初めてです。**

hajimete desu.

第三次來日本。

日本には三度目です。

超迷你句→ **三回目です。**

sankai me desu.

（「目」是「第～」之意）

應急單字

独身	單身
結婚	結婚
国籍	國籍
名前	姓名
生年月日	出生年月日
職　業	職業

來了好幾次了。

もう何回_{なんかい}も来_きています。

超迷你句➡**何回_{なんかい}も。**

nan kai mo.
(「も」是也的意思。)

預訂在日本停留 5 天。

日本_{にほん}に五日間_{いつかかんたいざい}滞在する予定_{よてい}です。

超迷你句➡**五日_{いつか}です。**

itsuka desu.
(「五日」是五天)

停留 2 星期。

2週間_{にしゅうかんたいざい}滞在します。

超迷你句➡**2週間_{にしゅうかん}です。**

nishuukan desu.
(「間」表示時間、地點的期間)

預訂停留 2 個月。

二カ月滞在の予定です。

超迷你句→二カ月です。

nikagetsu desu.

這孩子 10 歳。

この子は１０才です。

超迷你句→１０才です。

jussai desu.

預訂住新宿王子飯店。

新宿プリンスホテルに泊まる予定です。

超迷你句→新宿プリンスです。

shinjuku purinsu desu.

住親戚家。

親戚の家に泊まります。

超迷你句→**親戚の家に。**

shinseki no ie ni.

（「に」表示行為的場所，有「在」的意思）

打算住朋友家。

友達の家に泊まるつもりです。

超迷你句→**友達の家です。**

tomodachi no ie desu.

這是朋友的住址跟電話。

これが友達の住所と電話番号です。

超迷你句→**住所と電話です。**

juusho to denwa desu.

（邊出示寫有住址跟電話的便條邊說）

41

跟旅行團來的。

団体旅行で来ました。
<ruby>団体旅行<rt>だんたいりょこう</rt></ruby>で<ruby>来<rt>き</rt></ruby>ました。

超迷你句→**<ruby>団体<rt>だんたい</rt></ruby>です。**

dantai desu.

（也可以指著團員說「かれらと」〈跟他們〉）

跟家人一起來的。

<ruby>家族<rt>かぞく</rt></ruby>といっしょに<ruby>来<rt>き</rt></ruby>ました。

超迷你句→**<ruby>家族<rt>かぞく</rt></ruby>で<ruby>来<rt>き</rt></ruby>ました。**

kazoku de kimashita.

一個人來的。

<ruby>一人<rt>ひとり</rt></ruby>で<ruby>来<rt>き</rt></ruby>ました。

超迷你句→**<ruby>一人<rt>ひとり</rt></ruby>です。**

hitori desu.

2

行李做上記號會比較好找的

領取行李

MP3 4

在哪裡領取行李？

どこで荷物を受け取るのですか。

超迷你句→**荷物はどこで。**

nimotsu wa doko de.

找不到我的行李？

私の荷物が見つかりません。

超迷你句→**荷物がありません。**

nimotsu ga arimasen.

我的手提包是黑色大的。

私のバッグは黒くて大きいのです。

超迷你句→**黒くて大きいのです。**

kurokute ookii no desu.

（「の」指的是「バッグ」）

這個行李箱不是我的。

このスーツケースは私のじゃありません。

超迷你句→**私のじゃありません。**

watashi no ja arimasen.

（指著行李箱說）

這是我的手提包。

これ、私のバッグですけど。

超迷你句→**これ、私のです。**

kore, watashi no desu.

（指著手提包說）

這是行李領取證。

これは荷物の預り証です。

超迷你句→**預り証です。**

azukarishoo desu.

（邊出示領取證邊說）

應急單字

スーツケース	行李箱
箱	箱子
荷物	行李
到着ロビー	入境大廳
荷物カート	手推車
搭乗便名	登機航班編號

3

俐落的回答會讓人有好印象的

通關

這是護照。

これはパスポートです。

超迷你句→ **はい、どうぞ。**

hai, doozo.
（邊出示護照邊說）

沒有要申報的東西。

申告<ruby>しんこく</ruby>するものはありません。

超迷你句→ **ありません。**

arimasen.

有要申報的東西。

申告<ruby>しんこく</ruby>するものがあります。

超迷你句→ **あります。**

arimasu.

這是稅關申報單。

これが税関申告書です。
（ぜいかんしんこくしょ）

超迷你句→**はい、お願いします。**
（ねが）

hai, onegai shimasu.

（邊出示申報單）

我帶了 4 瓶威士忌。

ウィスキーを4本持っていますが。
（よんほん）（も）

超迷你句→**ウィスキーが4本あります。**
（よんほん）

uisukii ga yonhon arimasu.

有一條香煙。

タバコがワンカートンあります。

超迷你句→**タバコが1カートンです。**
（ワン）

tabako ga wan kaaton desu.

（這裡的「1」不唸「いち」而唸「ワン」）

這個照相機是自己用的。

このカメラは自分で使うものです。

超迷你句→**自分用です。**

jibunyoo desu.

（邊指照相機説）

那是給朋友的禮物。

それは友人へのプレゼントです。

超迷你句→**それはプレゼントです。**

sore wa purezento desu.

課税	課税
免税	免税
果物	水果
干物	乾料
本	書
ビデオカメラ	攝影機

那是送人的禮物。

それは贈(おく)り物(もの)です。

超迷你句→ **それは贈(おく)り物(もの)です。**

sore wa okurimono desu.

這些都是我的隨身衣物。

これらは身(み)の回(まわ)りのものです。

超迷你句→ **身(み)の回(まわ)り品(ひん)です。**

minomawarihin desu.
（「身の回り品」是身邊衣物之意）

那是胃藥。

それは胃(い)の薬(くすり)です。

超迷你句→ **胃(い)の薬(くすり)です。**

i no kusuri desu.

我帶有現金 30 萬日幣。

現金(げんきん)を３０万円(さんじゅうまんえん)持(も)っています。

超迷你句→ **３０万円(さんじゅうまんえん)あります。**

sanjuu man en arimasu.

ドル	美金
<ruby>台湾<rt>たいわん</rt></ruby>ドル	台幣
<ruby>日本<rt>にほん</rt></ruby><ruby>円<rt>えん</rt></ruby>	日幣
マルク	馬克
ポンド	英鎊
フラン	法郎

全部共帶有 50 萬日幣。

<ruby>全部<rt>ぜんぶ</rt></ruby>で５０<ruby>万円<rt>ごじゅうまんえん</rt></ruby><ruby>持<rt>も</rt></ruby>っています。

超迷你句→５０<ruby>万円<rt>ごじゅうまんえん</rt></ruby>です。

gojuu man en desu.

帶有台幣 3 萬元跟日幣 25 萬圓。

<ruby>台湾<rt>たいわん</rt></ruby>ドル３<ruby>万元<rt>さんまんげん</rt></ruby>と<ruby>日本円<rt>にほんえん</rt></ruby><ruby>25万円<rt>にじゅうごまんえん</rt></ruby>を<ruby>持<rt>も</rt></ruby>っています。

超迷你句→<ruby>台湾<rt>たいわん</rt></ruby>ドル３<ruby>万元<rt>さんまんげん</rt></ruby>と<ruby>円<rt>えん</rt></ruby>が２５<ruby>万<rt>にじゅうごまん</rt></ruby>です。

taiwan doru san mangen to en ga nijuugo man desu.

（「と」是跟的意思）

50

4

這裡旅遊指南、預訂客房等等可是很方便的

在機場的服務台

服務台在哪裡？

案内所はどこでしょうか。

超迷你句→ **案内所は。**

annaijo wa.
（尾音要提高）

這裡可以預訂飯店嗎？

ここでホテルの予約はできますか。

超迷你句→ **ホテルを予約したいです。**

hoteru o yoyaku shitai desu.
（「したい」是「我想」的意思）

請您告訴我幾家飯店。

ホテルをいくつか教えていただけませんか。

超迷你句→ **どのホテルがいいですか。**

dono hoteru ga ii desuka.
（「いい」是好的之意）

我想住新宿附近。

新宿あたりに泊まりたいのですが。

超迷你句→新宿のホテルを。

shinjuku no hoteru o.

價錢不要太貴的飯店。

あまり値段の高くないホテルがいいのですけれど。

超迷你句→安いホテルがいいです。

yasui hoteru ga ii desu.

可以請您代我打電話預訂嗎？

私のかわりに電話して予約をしていただけませんか。

超迷你句→予約をしてください。

yoyaku o shite kudasai.

皇家飯店怎麼去？

ロイヤルホテルにはどうやって行けばいいですか。

超迷你句→**ロイヤルホテルへ行きたいです。**
roiyaru hoteru e ikitai desu.

去皇家飯店要坐哪輛巴士？

ロイヤルホテルに行くには、どのバスに乗ればいいですか。

超迷你句→**ロイヤルホテル行きのバスは。**
roiyaru hoteru yuki no basu wa.

往皇家飯店的巴士站牌是幾號？

ロイヤルホテル行きのバス乗り場は何番ですか。

超迷你句→**ロイヤルホテル行きは何番ですか。**
roiyaru hoteru yuki wa nanban desuka.

哪輛巴士是往東京都內的？

どのバスが都内に行きますか。

超迷你句→**都内へ行きます。どのバスですか。**
tonai e ikimasu. dono basu desuka.

請告訴我往東京車站的電車車站在哪裡？

東京駅行きの電車乗り場はどこか、教えてもらえませんか。

超迷你句→**東京駅へ行く電車はどこですか。**

tookyoo eki e iku densha wa doko desuka.

請告訴我怎麼到澀谷車站？

渋谷駅までの行き方を教えてください。

超迷你句→**渋谷駅はどう行きますか。**

shibuya eki wa doo ikimasuka.
（「どう」是怎麼的意思）

搭成田 experss 到新宿要花多少時間？

成田エクスプレスで新宿までどのくらいかかるでしょうか。

超迷你句→**新宿まで何分ですか。**

shinjuku made nanpun desuka.
（「まで」是到之意）

應急單字

リムジンバス	機場專用巴士
でんしゃ 電車	電車
ちかてつ 地下鉄	地鐵
タクシー	計程車
えきいん 駅員	站員
の　ば 乗り場	上車處

哪裡可以買到車票？

きっぷ　　　　　　　　か
切符はどこで買えますか。

きっぷ
超迷你句→**切符はどこで。**

kippu wa dokode.

（「で」在這裡相當「在」的意思）

計程車招呼站在哪裡？

の　ば
タクシー乗り場はどこでしょうか。

の
超迷你句→**タクシーに乗りたいんですが。**

takushii ni noritain desuga.

（「～んですが」表示間接委婉的請求）

到皇家飯店要多少計程車費？

ロイヤルホテルまでのタクシー代_{だい}はいくらぐらいですか。

<u>超迷你句</u>→**ロイヤルホテルまでいくらですか。**

roiyaru hoteru made ikura desuka.

（「いくらですか」是詢問價錢多少）

下一班巴士幾點來？

次_{つぎ}のバスは何時_{なんじ}に来_きますか。

<u>超迷你句</u>→**次_{つぎ}は何時_{なんじ}ですか。**

tsugi wa nanji desuka.

（「何時」是幾點之意）

請告訴我在哪裡下車？

どこで降_おりるか教_{おし}えてもらえませんか。

<u>超迷你句</u>→**どこで降_おりますか。**

doko de orimasuka.

5

換些小錢會很方便的

兌換錢幣

MP3 4

兌換所在哪裡？

両替所はどこですか。

超迷你句→ 両替したいです。

ryoogae shitai desu.

請把這個換成日圓。

これを日本円に換えてください。

超迷你句→ 日本円に。

nihon en ni.

（邊遞紙鈔邊說）

請也加些零錢。

小銭も混ぜてください。

超迷你句→ 小銭も。

kozeni mo.

この紙幣を小銭に換えてください。
しへい こぜに か

超迷你句→ **くずしてください。**

kuzushite kudasai.

（邊遞紙鈔邊說）

機場與市區的交通

東京有兩座機場，一座是成田國際機場（新東京國際機場）。
另一座是羽田國內機場（舊東京國際機場）。

●成田機場←→東京市區

從成田機場到東京市區有以下幾種交通工具。

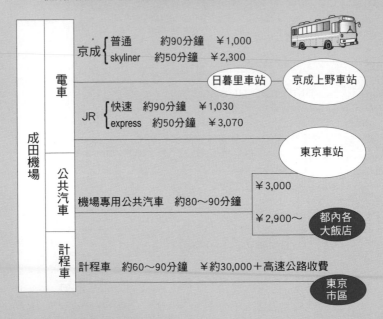

第三章

在飯店

1

訂什麼樣的房間、多少錢一定要確認好

預訂

我想預訂今晚的客房。

今晩の部屋を予約したいのですが。

超迷你句→**今晩の予約を。**

konban no yoyaku o.

我想預訂今晚的雙人房。

今晩ダブルの部屋を予約したいのですが。

超迷你句→**ダブルルームをお願いします。**

daburu ruumu o onegai shimasu.

我想預訂三個晚上的客房。

３泊の部屋の予約をしたいのですが。

超迷你句→**３泊の予約を。**

sanpaku no yoyaku o.
（注意「3泊」的唸法）

應急單字

シングルルーム	單人房
ダブルルーム	一張床的雙人房
ツインルーム	兩張床的雙人房
スイートルーム	總統套房
洋室 ようしつ	西式房間
和室 わしつ	和室

我想預訂４個人２間客房。

４人で２部屋を予約したいのですが。
よにん　ふた　へや　　よやく

超迷你句→２部屋、ダブルで。
ふた　へや

futaheya, daburu de.

哪裡有一個晚上 1 萬日圓以下的房間嗎？

そこは一泊一万円以下の部屋はありますか。

超迷你句→ **一万円以下の部屋は。**

ichiman en ika no heya wa.

（尾音要提高）

有更便宜的房間嗎？

もっと安い部屋はありますか。

超迷你句→ **安い部屋がいいです。**

yasui heya ga ii desu.

62

有含稅金嗎？

税金は含まれていますか。

<u>超迷你句</u>→税込みですか。

zeekomi desuka.

一泊	一晩
二泊	二晩
三泊	三晩
四泊	四晩
五泊	五晩
六泊	六晩

房間有附浴室嗎？

部屋にお風呂は付いていますか。

<u>超迷你句</u>→お風呂はありますか。

ofuro wa arimasuka.

費用有含早餐嗎？

朝食（ちょうしょく）は料金（りょうきん）に含（ふく）まれていますか。

超迷你句→朝食（ちょうしょくこ）込みですか。

chooshoku komi desuka.

税金（ぜいきん）	税金
サービス料（りょう）	服務費
朝食付き（ちょうしょくつ）	附早餐
二食付き（にしょくつ）	附兩餐
割引（わりびき）	打折
満室（まんしつ）	客滿

2

請盡情享受快樂的飯店生活吧

Check in

MP3 5

我想 Check in。

チェックインしたいのですが。

超迷你句→**チェックインを。**
chekku in o.

已經有預訂了。

もう予約_{よやく}してあります。

超迷你句→**予約_{よやく}しました。**
yoyaku shimashita.

從機場預訂房間了。

空港_{くうこう}から部屋_{へや}の予約_{よやく}をしました。

超迷你句→**空港_{くうこう}で予約_{よやく}しました。**
kuukoo de yoyaku shimashita.

還沒有預訂。

まだ予約していません。

超迷你句→予約はまだです。

yoyaku wa mada desu.

確實有預訂了。

確かに予約してあります。

超迷你句→予約しました。

yoyaku shimashita.

我的名字叫王建國。

私の名前は王建國と申します。

超迷你句→王建國です。

oo ken koku desu.

請再查一下我所預訂的。

もう一度私の予約を調べてみてください。

超迷你句→予約をチェックしてください。

yoyaku o chekku shite kudasai.

我預訂了今天起 5 天的雙人房。

ダブルで今日から五日間で予約しましたが。

超迷你句→**ダブルで五日です。**

daburu de itsuka desu.

フロント	櫃臺
ロビー	大廳
フロント係員	櫃臺工作人員
支配人	經理
ベルボーイ	服務員
ポーター	搬運行李服務員

可以讓我看房間嗎?

部屋を見せてもらえるでしょうか。

超迷你句→**部屋を見せてください。**

heya o misete kudasai.
(「見せる」是「讓…看」之意)

我想預訂，4 個人住的。

4人で泊まりたいのですが、予約をお願いします。

超迷你句→**4人の部屋の予約を。**

yonin no heya no yoyaku o.

有其他的空房嗎？

ほかに空いている部屋はありますか。

超迷你句→**ほかの部屋は。**

hoka no heya wa.

（尾音要提高。「ほか」是其他之意）

有更大的房間嗎？

もっと広い部屋はありませんか。

超迷你句→**もっと広いのは。**

motto hiroi nowa.

大きい	大的
小さい	小的

明<ruby>あか</ruby>るい	明亮的
静<ruby>しず</ruby>か	安靜的
安<ruby>やす</ruby>い	便宜的
高<ruby>たか</ruby>い	貴的

有更好的房間嗎？

もっといい部屋<ruby>へや</ruby>はないでしょうか。

超迷你句→**もっといいのはありませんか。**

motto iino wa arimasenka.

要多少錢？

部屋<ruby>へや</ruby>の料金<ruby>りょうきん</ruby>はいくらですか。

超迷你句→**いくらですか。**

ikura desuka.

對我而言太貴了一些。

私<ruby>わたし</ruby>にはちょっと高<ruby>たか</ruby>すぎます。

超迷你句→**高<ruby>たか</ruby>すぎます。**

takasugi masu.

（「すぎます」表示過度、過分）

69

我要一晚 2 萬日圓以下的房間。

1泊2万円以下の部屋にしたいのですが。

超迷你句→ **2万円以下のは。**

niman en ika nowa.

我要這個房間。

この部屋に決めます。

超迷你句→ **これにします。**

kore ni shimasu.

（「にします」表示我決定要的意思）

我要刷卡。

支払いはカードでお願いします。

超迷你句→ **カードで。**

kaado de.

（這裡的「で」相當於中文的「用」）

請幫我把行李搬到房間。

荷物を部屋に運んでもらえませんか。

超迷你句→ **運んでください。**

hakonde kudasai.

（手指著行李說）

在這裡簽名嗎？

ここにサインをするのですか。

超迷你句→ **ここですか。**

koko desuka.
（手指著簽名處）

幾點退房？

チェックアウトは何時^{なんじ}ですか。

超迷你句→ **チェックアウトは。**

chekku auto wa.

まえばらい 前払い	先付款
いっかつばらい 一括払い	一次付清
さきばらい 先払い	先付款
しゅくはく 宿泊カード	住宿登記卡
なまえ 名前	姓名
じゅうしょ 住 所	住址

備註：「貨到付款」的日文，則是：代金引換（だいきんひきかえ）。

3

好好利用客房服務，享受豪華的氣氛

客房服務

MP3
5

這裡是 3424 號房。

こちらは３４２４号室ですが。

超迷你句→ **３４２４です。**

san yon ni yon desu.

我要客房服務。

ルームサービスをお願いしたいのですが。

超迷你句→ **ルームサービスを。**

ruumu saabisu o.

請送咖啡到我的房間。

コーヒーを部屋に届けてもらえませんか。

超迷你句→ **コーヒー一つ。**

koohii hitotsu.

72

給我一杯紅茶跟一個蛋糕。

紅茶を一杯とケーキを一つ、持ってきてください。

超迷你句→**紅茶とケーキを。**
koocha to keeki o.

可以幫我拿啤酒跟下酒菜來嗎？

ビールとおつまみを持ってきてくれませんか。

超迷你句→**ビールとおつまみをお願いします。**
biiru to otsumami o onegai shimasu.

有沒有我的口信。

私にメッセージは来ていないでしょうか。

超迷你句→**メッセージはありますか。**
messeeji wa arimasuka.

我姓李，有我的信件嗎？

李ですが、何か郵便物は来ていませんか。

超迷你句→**李です。郵便物はありますか。**
ri desu. yuubinbutsu wa arimasuka.

這裡可以寄貴重物品嗎？

ここに貴重品（きちょうひん）を預（あず）けられますか。

超迷你句→**貴重品（きちょうひん）を預（あず）けたいです。**

kichoohin o azuketai desu.

應急單字

ウェルカムサービス	迎賓服務
ランドリーサービス	洗衣服務
モーニングコール	叫醒服務
医療（いりょう）サービス	醫療服務
予約（よやく）サービス	（各種）預約服務
ガイドサービス	（旅遊等）觀光資訊服務

可以幫我寄這張明信片嗎？

この葉書（はがき）を出（だ）してもらえませんか。

超迷你句→**これをお願（ねが）いします。**

kore o onegai shimasu.

（邊遞出明信片邊說）

我想打國際電話到台灣。

台湾に国際電話をかけたいのですが。

超迷你句→**台湾に電話をかけます。**

　　　　taiwan ni denwa o kake masu.

鑰匙放在房裡就把門關起來了。

カギを部屋の中に置いたままドアを閉めてしまいました。

超迷你句→**カギを部屋に忘れました。**

　　　　kagi o heya ni wasure mashita.

請給我 308 號房的鑰匙。

３０８号室のカギをください。

超迷你句→**３０８です。**

　　　　san maru hachi desu.
　　　　（這裡的「0」一般唸「まる」）

明天早上，可以叫我起床嗎？

明日の朝、モーニングコールをしてもらえませんか。

超迷你句→**モーニングコールを。**

　　　　mooningu kooru o.

請教我怎麼使用這個鬧鐘。

この目覚まし時計の使い方を教えてください。

超迷你句→**使い方がわかりません。**

tsukai kata ga wakarimasen.

可以借我熨斗嗎？

アイロンを貸してもらえませんか。

超迷你句→**すみません。アイロンを。**

sumimasen. airon o.

可以請您再給我一條毛巾嗎？

タオルをもう一枚いただけますか。

超迷你句→**タオルをお願いします。**

taoru o onegai shimasu.

我要送洗衣服。

クリーニングをお願いしたいのですが。

超迷你句→**クリーニングを。**

kuriiningu o.

應急單字

ドライヤー	吹風機
枕 まくら	枕頭
ポット	熱水瓶，壺
グラス	玻璃杯
スリッパ	拖鞋
布団 ふとん	棉被

這個明天中午以前幫我洗好。

これを明日の午前中までに洗濯しておいて下さい。

超迷你句→**明日の昼までにお願いします。**

asu no hiru made ni onegai shimasu.

（邊遞出換洗衣物邊說）

什麼時候可以好？

いつ仕上がりますか。

超迷你句→**いつできますか。**

itsu dekimasuka.

（「いつ」是什麼時候）

可以洗快一點嗎？

急いでやってもらえませんか。

超迷你句→**急いでください。**

isoide kudasai.

 應急單字

ワイシャツ	（男）襯衫
ズボン	褲子
スーツ	套裝
セーター	毛衣
ブラウス	（女）襯衫
下着	內衣褲

4

有麻煩就明白提出

在飯店遇到麻煩

MP3 5

我房間電燈不亮。

私の部屋の電気がつきません。

超迷你句➡**電気がつきません。**

denki ga tsuki masen.

我房間一個杯子也沒有。

私の部屋にコップが一つもありません。

超迷你句➡**コップがありません。**

koppu ga arimasen.

我房間的暖氣壞了。

私の部屋の暖房がきかないんですけど。

超迷你句➡**暖房がききません。**

danboo ga kiki masen.

送洗的衣服還沒送到。

<ruby>頼<rt>たの</rt></ruby>んだ<ruby>洗濯物<rt>せんたくもの</rt></ruby>がまだ<ruby>届<rt>とど</rt></ruby>かないのですが。

超迷你句→**<ruby>洗濯物<rt>せんたくもの</rt></ruby>はまだですか。**

　　　sentakumono wa mada desuka.

叫的咖啡還沒來。

コーヒーがまだ<ruby>来<rt>き</rt></ruby>ていないんですけど。

超迷你句→**コーヒーはまだですか。**

　　　koohii wa mada desuka.

沒有熱水。

お<ruby>湯<rt>ゆ</rt></ruby>が<ruby>出<rt>で</rt></ruby>ないんですけど。

超迷你句→**お<ruby>湯<rt>ゆ</rt></ruby>が<ruby>出<rt>で</rt></ruby>ません。**

　　　oyu ga demasen.

我房間好冷。

私の部屋が寒すぎるんですけど。

超迷你句→**部屋が寒いです。**

heya ga samui desu.

可以幫我修理冷氣嗎？

部屋の冷房を直してもらえませんか。

超迷你句→**冷房がおかしいです。**

reeboo ga okashii desu.

應急單字

石けん	肥皂
歯ブラシ	牙刷
トイレットペーパー	衛生紙
靴べら	鞋拔
スタンド	檯燈
ハンガー	衣架

隔壁的房間太吵了無法睡覺。

隣の部屋がうるさくて眠れません。

超迷你句→隣がうるさいです。

tonari ga urusai desu.

我的廁所燈不亮。

私のトイレの電気がつきません。

超迷你句→トイレの電気がおかしいです。

toire no denki ga okasii desu.

要怎麼調整好呢？

どうやって調整すればいいですか。

超迷你句→どうすればいいですか。

doo sureba ii desuka.

5 退房

把握充裕的時間離開飯店，帳單要看清楚喔

MP3 5

住宿我想延到明天。

あす
明日まで宿泊を延ばしたいのですが。
しゅくはく の

超迷你句→ **もう一泊したいです。**
いっぱく

moo ippaku shitai desu.

我想延長一個小時。

たいざい いちじかん えんちょう
滞在を1時間延長したいのですが。

超迷你句→ **1時間延長したいです。**
いちじかん えんちょう

ichijikan enchoo shitai desu.

我想比預訂早一天退房。

よてい いちにちはや
予定より1日早くチェックアウトしたいんです
が。

超迷你句→ **1日早く出発したいです。**
いちにちはや しゅっぱつ

ichinichi hayaku shuppatsu shitai desu.

一日 いちにち	一天
二日 ふつか	兩天
三日 みっか	三天
四日 よっか	四天
五日 いつか	五天
六日 むいか	六天

我是 308 號房的鈴木。

私は３０８号室の鈴木です。
わたし　さんまるはちごうしつ　すずき

超迷你句→**３０８の鈴木です。**
さんまるはち　すずき

san maru hachi no suzuki desu.

我想退房。

チェックアウトしたいのですが。

超迷你句→**チェックアウトです。**

chekku auto desu.

可以請您幫我叫計程車嗎？

タクシーを呼んでいただけませんか。

超迷你句→**タクシーをお願いします。**

takushii o onegai shimasu.

可以幫我搬這件行李嗎？

この荷物を運んでもらえませんか。

超迷你句→**ポーターをお願いします。**

pootaa o onegai shimasu.

可以幫我保管行李到下午5點嗎？

午後5時までこの荷物を預ってもらえませんか。

超迷你句→**荷物を5時までお願いします。**

nimotsu o goji made onegai shimasu.

這裡可以用旅行支票付嗎？

ここはトラベラーズチェックで払ってもかまいませんか。

超迷你句→**トラベラーズチェックでもいいですか。**

toraberaazu chekku demo ii desuka.
（「…でもいいですか」〈可以嗎〉用於徵得許可時）

這有算服務費嗎？

これにはサービス料も入っていますか。

超迷你句→**サービス料込みですか。**

saabisu ryoo komi desuka.

可以請您給我收據嗎？

領収書をいただけませんか。

超迷你句→**領収書をお願いします。**

ryooshuusho o onegai shimasu.

應急單字

精算書 せいさんしょ	清單
支払い しはら	支付
部屋代 へや だい	客房費
飲食代 いんしょくだい	餐飲費
電話代 でんわ だい	電話費
現金 げんきん	現金

第四章

在餐廳等地方

1

有人氣的餐廳最好事先預約

電話預約

MP3
6

麻煩我想預約。

予約をお願いしたいのですが。

超迷你句→**予約を。**

yoyaku o.

麻煩我要預約 7 點 2 個人的座位。

7時に2人分の席の予約をお願いします。

超迷你句→**7時に2人で。**

shichiji ni futari de.

我的名字叫小林。

私の名前は小林です。

超迷你句→**小林です。**

kobayashi desu.

時間 じかん	時間
様 さま	接在人名、稱呼下表示尊敬
お名前 なまえ	貴姓大名
お電話番号 でんわ ばんごう	您的電話號碼
座席 ざせき	座位
テーブル	桌子

貴店必須結領帶嗎？

そちらでは、ネクタイをしなければなりません
か。

超迷你句→**ネクタイは必要ですか。**
ひつよう

nekutai wa hitsuyoo desuka.

在貴店用餐，需要盛裝嗎？

そちらで食事をする場合、盛装する必要があります
しょくじ　　　　ばあい　　せいそう　　ひつよう
か。

超迷你句→**盛装しなければなりませんか。**
せいそう

seesoo shinakereba narimasenka.
（「しなければなりません」是需要之意）

麻煩我要窗邊的座位。

<ruby>窓<rt>まど</rt></ruby><ruby>際<rt>ぎわ</rt></ruby>の<ruby>席<rt>せき</rt></ruby>を<ruby>お願<rt>ねが</rt></ruby>いします。

<u>超迷你句</u>→<ruby>窓<rt>まど</rt></ruby><ruby>際<rt>ぎわ</rt></ruby>を。

madogiwa o.

哪裡都可以。

どのテーブルでもけっこうです。

<u>超迷你句</u>→どこでもいいです。

doko demo ii desu.

貴店的全餐要多少錢？

そちらのフルコースはおいくらですか。

<u>超迷你句</u>→フルコースはいくらですか。

furu koosu wa ikura desuka.

2　到餐廳

人擠人的餐廳味道可是挺棒的喔

MP3
6

有預約了。

予約_{よやく}をしてあります。

超迷你句→**予約_{よやく}しました。**
　　　　yoyaku shimashita.

我們總共三人。

私_{わたし}たちは全部_{ぜんぶ}で３人_{さんにん}です。

超迷你句→**３人_{さんにん}です。**
　　　　san nin desu.

有２個人的座位嗎？

２人_{ふたり}の席_{せき}はありますか。

超迷你句→**２人_{ふたり}席_{せき}は。**
　　　　futari seki wa.

要等多久？

どのくらい待たなければなりませんか。

超迷你句→ **何分待ちますか。**

nanpun machi masuka.

可以給我窗邊的座位嗎？

窓際の席にしてもらいたいのですが。

超迷你句→ **窓際をお願いします。**

madogiwa o onegai shimasu.

我要禁煙座位。

禁煙席をお願いします。

超迷你句→ **禁煙席を。**

kin en seki o.

可以坐這個座位嗎？

この席に座ってもいいでしょうか。

超迷你句→ **ここ、いいですか。**

koko, ii desuka.

（指沒人坐的座位說）

應急單字

ウェイター	男服務生
ウェイトレス	女服務生
空席 <small>くうせき</small>	空座位
相席 <small>あいせき</small>	共用一張桌子
案内 <small>あんない</small>	指引、導覽

小專欄

　　看電影、買車票、到餐廳點菜，最簡單的說法是單字後面加上「～をください」。請教別人如何寫入境卡，請別人幫您拍照，最好使用較有禮的「いただく」。購物時只要在您想要的東西後面加上「～がほしい」店員就會拿出您想要的東西給您看了。

3

單慢慢看不用急

叫菜

請給我看菜單。

メニューを見せてください。

超迷你句→**すみません。メニューを。**
sumimasen, menyuu o.

再給我看一次菜單。

もう一度メニューを見せてください。

超迷你句→**メニューをお願いします。**
menyuu o onegai shimasu.

有什麼推薦菜？

何かお勧めの料理はありますか。

超迷你句→**お勧めはどれですか。**
osusume wa dore desuka.

這家店有什麼名菜？

この店の自慢料理は何ですか。

超迷你句→ **自慢料理はどれですか。**

jiman ryoori wa dore desuka.

這是什麼料理可以幫我說明一下嗎？

これはどんなものか説明してもらえませんか。

超迷你句→ **どんな料理ですか。**

donna ryoori desuka.

（指著那道菜說）

裡面放什麼？

この中には何が入っていますか。

超迷你句→ **中は何ですか。**

naka wa nan desuka.

（指著那道菜說）

讓我考慮一下。

ちょっと考えさせてください。

超迷你句→ **もうちょっと待って。**

moo chotto matte.

應急單字

メニュー	菜單
日替わり定食 （ひ　が　　　　　ていしょく）	每日套餐
朝食 （ちょうしょく）	早餐
昼食 （ちゅうしょく）	中餐
夕食 （ゆうしょく）	晚餐
夜食 （やしょく）	宵夜

請給我這個。

これをください。

超迷你句→**これを。**

kore o.
（指著菜單上要點的菜說）

給我跟那個一樣的。

あれと同じものにしてください。
（おな）

超迷你句→**あれと同じものを。**
（おな）

are to onaji mono o.
（指著想要的說）

現在可以叫菜嗎?

今注文してもいいでしょうか。

<u>超迷你句</u>→**いいですか。**

ii desuka.

(指著菜單說)

我還沒決定。

まだ決まっていません。

<u>超迷你句</u>→**もう少し待ってください。**

moo sukoshi matte kudasai.

すし	壽司
刺身	生魚片
そば	蕎麥麵
焼き魚	烤魚
ご飯	飯
みそ汁	味噌湯

先給我飲料。

まず飲物をください。

超迷你句→ 先に飲物を。

saki ni nomimono o.

給我生魚片跟天婦羅。

刺身と天ぷらをください。

超迷你句→ これとこれを。

kore to kore o.
（指著菜單說）

這給我一個。

これを一つください。

超迷你句→ これ一つ。

kore hitotsu.
（指著菜單上的菜說）

請給我一樣的東西。

私も同じものをお願いします。

超迷你句→ 同じものを。

onaji mono o.

コーヒー	咖啡
紅茶 こうちゃ	紅茶
ジュース	果汁
水 みず	水
ミルク	牛奶

第**4**章　在餐廳等地方

點心請給我冰淇淋。

デザートにはアイスクリームをお願（ねが）いします。

超迷你句→**デザートはアイスクリーム。**

　　dezaato wa aisukuriimu.

飯後給我紅茶。

食後（しょくご）には紅茶（こうちゃ）をください。

超迷你句→**食後（しょくご）に紅茶（こうちゃ）を。**

　　shokugo ni koocha o.

就請先給我那個。

とりあえずそれだけお願（ねが）いします。

超迷你句→**とりあえずそれで。**

　　toriaezu sore de.

4

您喜歡吃幾分熟的呢

叫牛排

我要這個牛排餐。

このステーキディナーにします。

超迷你句→**これをください。**
kore o kudasai.
（指著菜單說）

牛排要煎到中等程度的。

ステーキの焼き方はミディアムにしてください。

超迷你句→**ミディアムで。**
midiamu de.
（點完後馬上說）

牛排要半熟的。

ステーキはレアにしてください。

超迷你句→ **レアで。**

rea de.

レア	半熟的
ミディアムレア	近中等程度
ミディアム	煎到中等程度
ウェルダン	煎熟
サーロイン	沙朗
Tボーン	丁骨

牛排要煎熟的。

ステーキはよく焼いてほしいんですが。

超迷你句→ **ウェルダンで。**

werudan de.

可以幫我加辣一點嗎？

<ruby>少<rt>すこ</rt></ruby>し<ruby>辛<rt>から</rt></ruby>くしてもらえますか。

超迷你句→<ruby>辛<rt>から</rt></ruby>くしてください。

karaku shite kudasai.

應急單字

<ruby>辛<rt>から</rt></ruby>い	辣
<ruby>甘<rt>あま</rt></ruby>い	甜
<ruby>苦<rt>にが</rt></ruby>い	苦
<ruby>酸<rt>す</rt></ruby>っぱい	酸
<ruby>塩辛<rt>しおから</rt></ruby>い	鹹

5

愉快地交談充分享受美食家的氣氛吧

進餐中

MP3 6

可以再給我一杯葡萄酒嗎？

ワインをもう1杯もらえませんか。

超迷你句→**ワインをください。**

　　　　　wain o kudasai.

飯可以續碗嗎？

ご飯のおかわりはできますか。

超迷你句→**おかわりは。**

　　　　　okawari wa.

　　　　　（指著碗說）

可以給我水嗎？

水をもらえませんか。

超迷你句→**水をください。**

　　　　　muzu o kudasai.

ビール	啤酒
生<ruby>生<rt>なま</rt></ruby>ビール	生啤酒
ウイスキー	威士忌
カクテル	雞尾酒
日本酒<ruby><rt>にほんしゅ</rt></ruby>	日本酒
焼酎<ruby><rt>しょうちゅう</rt></ruby>	燒酒

請幫我拿鹽。

塩を持ってきてください。

<u>超迷你句</u>→塩をください。

shio o kudasai.

可以幫我拿咖啡奶精嗎？

コーヒーに入れるミルクを持ってきてもらえませんか。

<u>超迷你句</u>→コーヒークリームを。

koohii kuriimu o.

這要怎麼吃？

これはどうやって食べるのですか。

超迷你句→食べ方を教えてください。

tabe kata o oshiete kudasai.

幫我換煙灰缸。

灰皿を取り替えてください。

超迷你句→替えてください。

kaete kudasai.

（指著煙灰缸說）

 應急單字

砂糖	砂糖
塩	鹽
ケチャップ	蕃茄醬
胡椒	胡椒
しょう油	醬油
酢	醋

可以請您幫我拿煙灰缸嗎？

灰皿を持ってきていただけませんか。

超迷你句→灰皿をお願いします。

haizara o onegai shimasu.

可以給我筷子嗎？

お箸をもらえませんか。

超迷你句→お箸はありますか。

ohashi wa arimasuka.

可以幫我拿胡椒嗎？

胡椒を持ってきてもらえませんか。

超迷你句→胡椒をお願いします。

koshoo o onegai shimasu.

這個可以幫我收拾一下嗎？

これを下^さげていただけませんか。

超迷你句→片<ruby>付<rt>かたづ</rt></ruby>けてください。

katazukete kudasai.

ナイフ	刀子
フォーク	叉子
スプーン	湯匙
グラス	玻璃杯
コップ	杯子
灰皿 はいざら	煙灰缸

第4章 在餐廳等地方

直接跟為您服務的工作人員講

有所不滿時

MP3
6

這不是我叫的東西。

これは私が注文したものではありません。

超迷你句→注文してませんよ。

chuumon shite masen yo.

（指著端來的菜說）

我叫的東西還沒好嗎？

注文したものはまだですか。

超迷你句→まだですか。

mada desuka.

這味道有些奇怪。

これは変な味がします。

超迷你句→味が変です。

aji ga hen desu.

這支刀子是髒的。

このナイフは汚れています。

超迷你句→換えてください。

kaete kudasai.
（指著刀子說）

這肉沒熟。

この肉は生焼けです。

超迷你句→これ、生ですよ。

kore, nama desuyo.
（指著沒考熟的肉說）

這肉烤太熟了。

この肉は焼きすぎなんですけど。

超迷你句→焼きすぎです。

yaki sugi desu.

我叫很久了。

ずいぶん前にオーダーしたんですけれど。

超迷你句→まだですか。

mada desuka.

麻煩我要付錢。

お勘定_{かんじょう}をお願_{ねが}いします。

超迷你句→**ごちそうさま。**

gochisoo sama.

（「ごちそうさま」有感謝款待之意，在這裡有跟店方表示吃完了，我要付帳及謝謝之意）

有含服務費嗎？

サービス料_{りょう}は含_{ふく}まれていますか。

超迷你句→**サービス料_{りょう}は。**

saabisu ryoo wa.

這是什麼費用？

この料金_{りょうきん}は何_{なん}ですか。

超迷你句→**これは。**

kore wa.

（指著帳單上的金額說）

110

算帳請個別算。

勘定は別々にお願いします。

超迷你句→**別々にしてください。**

betsu betsu ni shite kudasai.

我要刷卡。

支払いはカードでお願いします。

超迷你句→**カードで。**

kaado de.

這帳好像有錯。

この勘定に間違いがあるようですよ。

超迷你句→**間違ってますよ。**

machigatte masuyo.
（指著帳單說）

請再查一次。

もう一度調べてください。

超迷你句→**チェックしてください。**

chekku shite kudasai.

這個我想帶回家。

これを持ち帰りたいのですが。

超迷你句→**テイクアウトで。**

teiku auto de.

（這是外來語原來是 take-out ）

應急單字

かんじょう 勘定	算帳
いっしょに	一起
べつべつ 別々に	個別
ごちそうさま	謝謝，感謝您的款待
ひとり さま お一人様	一位

今天的菜很好吃。

きょう りょうり
今日の料理はとてもおいしかったです。

超迷你句→**ごちそうさまでした。**

gochisoo sama deshita.

（算完帳再說一次 ）

8

偶而也享受一下輕鬆便利的漢堡吧

在速食店

給我起士漢堡跟可樂。

チーズバーガーとコーラをください。

超迷你句→**チーズバーガーとコーラ。**

chiizu baagaa to koora.

（「コーラ」也叫「コカ・コーラ」）

可以再給我一個蕃茄醬嗎？

ケチャップをもう一つもらえますか。

超迷你句→**ケチャップもう一つ。**

kechappu moo hitotsu.

給我二份大麥克套餐。

ビッグマックセット二つください。

超迷你句→**ビッグマックセット二つ。**

biggumakku futatsu.

請給我 5 塊炸雞。

フライドチキン5ピースお願いします。

超迷你句→**フライドチキン5ピース。**
furaido chikin go piisu.

沒有附吸管。

ストローがついていません。

超迷你句→**ストローがありません。**
sutoroo ga arimasen.

在這裡吃。

ここで食べます。

超迷你句→**ここで。**
koko de.
（這一定會被問到的，要記住喔）

帶走。

持ち帰りにします。
<ruby>持<rt>も</rt></ruby>ち<ruby>帰<rt>かえ</rt></ruby>り

超迷你句 → **<ruby>持<rt>も</rt></ruby>ち<ruby>帰<rt>かえ</rt></ruby>りです。**

mochi kaeri desu.

應急單字

フライドポテト	炸薯條
アップルパイ	蘋果派
シェイク	奶昔
ナプキン	紙巾
ミルク	奶精
<ruby>砂糖<rt>さとう</rt></ruby>	砂糖

隨手
筆記

第五章

逛街購物

1

問當地人跟服務人員是最快的

找地方

這附近有百貨公司嗎？

砂糖この近くにデパートはありますか。

超迷你句→**デパートはどこですか。**
depaato wa doko desuka.

我在找超級市場。

スーパーマーケットを探しているのですが。

超迷你句→**スーパーはありますか。**
suupaa wa arimasuka.

哪裡可以買到底片？

フィルムを買^かえるところはどこですか。

<u>超迷你句</u>→**フィルムがほしいです。**

firumu ga hoshii desu.

（「ほしい」是想要的意思）

 應急單字

パソコン	個人電腦
ラジカセ	收音機
ステレオ	音響
カメラ	照相機
ビデオカメラ	攝影機
CD プレーヤー	CD 播放機

鞋子販賣部在哪裡？

靴^{くつ}売^うり場^ばはどこでしょうか。

<u>超迷你句</u>→**靴^{くつ}はどこですか。**

kutsu wa doko desuka.

この街の地図はどこにありますか。

超迷你句→地図はどこですか。

chizu wa doko desuka.

化妝品販賣部在哪一樓？

化粧品売り場は何階でしょうか。

超迷你句→化粧品は。

keshoohin wa.

有免稅品專櫃嗎？

免税品のコーナーはありますか。

超迷你句→免税品はどこですか。

menzeehin wa doko desuka.

ふじん ふく 婦人服	女裝
しんし ふく 紳士服	男裝
こどもふく 子供服	童裝
かぐ 家具	家具
でんきようひん 電気用品	家電製品
にちようひん 日用品	日常用品

試衣室在哪裡？

しちゃくしつ
試着室はどこにありますか。

しちゃく
超迷你句→試着したいです。

shichaku shitai desu.

小專欄

　　旅遊中有很多詢問的機會。答案如果為是或不是的話，那就單純多了。詢問他人時，要讓重點明確，儘可能簡單扼要的表達您所想知道的事情。如果詢問或有疑問的事情不只一項，請不要一次全問，一個一個有順序地，對方容易回答，您也較能理解。

2

光是逛逛琳瑯滿目的百貨櫥窗也是一大享受

在百貨公司

MP3
7

給我看一下那個手提包。

あのハンドバッグを見せてください。

超迷你句→ **あれを見せて。**

are o misete.

（指著手提包說）

這件毛衣可以摸摸看嗎？

このセーターは手に取ってみてもいいですか。

超迷你句→ **触っていいですか。**

sawatte ii desuka.

（指著毛衣說）

可以請您給我看一下其他的嗎？

ほかのものを見せていただけますか。

超迷你句→ **ほかにもありますか。**

hoka nimo arimasuka.

ワイシャツ	（男）襯衫
ズボン	褲子
ジャケット	夾克
スーツ	套裝
コート	大衣
ワンピース	洋裝

有小一號的嗎？

ワンサイズ小さいものはありますか。

超迷你句→**もっと小さいのは。**

　　　　motto chiisai nowa.

另外還有什麼顏色的？

ほかにどんな色があるんですか。

超迷你句→**ほかの色は。**

　　　　hoka no iro wa.

腰身太緊了。

ウエストがちょっときついです。

超迷你句→**ここがきついです。**

koko ga kitsui desu.

（指著腰身說）

我想買禮物。

おみやげを<ruby>探<rt>さが</rt></ruby>しているのですが。

超迷你句→**おみやげを<ruby>買<rt>か</rt></ruby>いたいです。**

omiyage o kaitai desu.

應急單字

<ruby>赤<rt>あか</rt></ruby>い	紅色
<ruby>黒<rt>くろ</rt></ruby>い	黑色
<ruby>黄色<rt>きいろ</rt></ruby>い	黃色
<ruby>白<rt>しろ</rt></ruby>い	白色
<ruby>茶色<rt>ちゃいろ</rt></ruby>	茶色
ピンク	粉紅色

麻煩一下。

お願（ねが）いできますか。

超迷你句→**すみません。**

sumimasen.
（招呼服務員時）

我要安哥拉毛的。

アンゴラのものがほしいのですが。

超迷你句→**アンゴラのは。**

angora nowa.

可以讓我看一下義大利製的東西嗎？

イタリア製（せい）のものを見（み）せてもらえませんか。

超迷你句→**イタリアのはありますか。**

itaria nowa arimasuka.

可以請您給我看一下這條項錬嗎？

このネックレスを見（み）せていただけませんか。

超迷你句→**これをちょっと。**

kore o chotto.
（指著要看的項錬說）

絹 (きぬ)	絲，綢子
麻 (あさ)	麻
毛（ウール） (け)	毛
ナイロン	尼龍
革 (かわ)	皮
布 (ぬの)	布

給我看一下那架上的手提包。

その棚（たな）の上（うえ）のハンドバッグを見（み）せてください。

超迷你句→**あれを見（み）たいです。**

are o mitai desu.

（指著手提包說）

還有更大的皮包嗎？

もっと大（おお）きいバッグはありますか。

超迷你句→**大（おお）きいのは。**

ookii nowa.

可以讓我看一下那個小的嗎？

あの小さいのを見せてもらえませんか。

超迷你句→**あれを見せてください。**

are o misete kudasai.

（指著小的說）

讓我看一下不同樣式的。

違うデザインのものを見せてください。

超迷你句→**別の形のは。**

betsu no katachi nowa.

靴下	襪子
ベルト	皮帶
くつ	鞋子
パンプス	女用皮鞋
長靴	長筒靴子
ネクタイ	領帶

一樣的有白色的嗎？

同じもので白いのはありますか。

超迷你句→白いのがいいです。

shiroi noga ii desu.

我要日本製的。

日本製のものを探しているんですけど。

超迷你句→日本製のがほしいです。

nihonsee noga hoshii desu.

有沒有質料更好的？

もっと品質のいいのはないでしょうか。

超迷你句→もっといいのは。

motto ii nowa.

這條絲巾是什麼料子？

このスカーフは何でできているのですか。

超迷你句→シルクですか。

shiruku desuka.

（指著絲巾說。「シルク」是絲綢。）

台湾製 たいわんせい	台灣製
イタリア製 せい	義大利製
日本製 にほん せい	日本製
中国製 ちゅうごくせい	中國製
アメリカ製 せい	美國製
あちら製 せい	外國製

你認為哪種品牌好呢？

どちらのブランドをおすすめですか。

超迷你句→ **どれがいいですか。**

dore ga ii desuka.
（指著要比的品牌說）

這支戒指是純金的嗎？

この指輪は本物の金ですか。
ゆびわ　ほんもの　きん

超迷你句→ **ゴールドですか。**

goorudo desuka.
（指著戒指說）

這支戒指上的是什麼寶石？

この指輪についている宝石は何ですか。

超迷你句→ **この石は何ですか。**

kono ishi wa nan desuka.
（指著上面的寶石說）

這個鑽石附有保證書嗎？

このダイヤモンドには保証書はついていますか。

超迷你句→ **保証はありますか。**

hoshoosho wa arimasuka.

アクセサリー	配飾
イヤリング	耳環
ネックレス	項鍊
指輪	戒指
ペンダント	（鑲有墜飾的）耳環、項鍊
サファイア	紅寶石

這件大衣是真皮的嗎？

このコートは本物の革でできているのですか。

超迷你句→革ですか。

kawa desuka.

（指著大衣說）

可以幫我量一下尺寸嗎？

サイズを計ってもらえませんか。

超迷你句→サイズがわかりません。

saizu ga wakarimasen.

（指著要量的地方說）

可以試穿一下這條裙子嗎？

このスカートを試着してもいいでしょうか。

超迷你句→試着できますか。

shichaku dekimasuka.

（指著裙子說）

我想照一下鏡子。

鏡に映してみたいんですが。

超迷你句 → 鏡はどこですか。

kagami wa doko desuka.

ブラウス	（女）襯衫
セーター	毛衣
カーディガン	開襟毛衣
ベスト	女背心
ジーパン	牛仔褲

這條褲子適合我穿嗎？

このズボンは私に似合っていますか。

超迷你句 → 似合いますか。

niai masuka.

（穿上，邊照鏡子邊問）

這頂帽子不適合我。

この帽子は私に似合わないですね。

超迷你句→ ちょっと変ですね。

chotto hen desune.

（指著帽子說）

我覺得有些太大。

ちょっと大きすぎると思いますが。

超迷你句→ 大きくないですか。

ookiku nai desuka.

有小一點的嗎？

もっと小さいのはありませんか。

超迷你句→ 小さいのは。

chiisai nowa.

小さい	小的
大きい	大的
長い	長的

<ruby>短<rt>みじか</rt></ruby>い	短的
<ruby>高<rt>たか</rt></ruby>い	高的，貴的
<ruby>低<rt>ひく</rt></ruby>い	低的

長度可以請您幫我改短嗎？

<ruby>丈<rt>たけ</rt></ruby>を<ruby>短<rt>みじか</rt></ruby>く<ruby>直<rt>なお</rt></ruby>していただけますか。

超迷你句→<ruby>短<rt>みじか</rt></ruby>くしてください。

mijikaku shite kudasai.

（指著要改短的地方說）

可以請您馬上幫我改這個長度嗎？

<ruby>今<rt>いま</rt></ruby>すぐにこの<ruby>丈<rt>たけ</rt></ruby>を<ruby>直<rt>なお</rt></ruby>していただけますか。

超迷你句→すぐできますか。

sugu dekimasuka.

（「すぐ」是馬上之意）

要花多少時間？

<ruby>時間<rt>じかん</rt></ruby>はどのくらいかかるでしょう。

超迷你句→<ruby>時間<rt>じかん</rt></ruby>はかかりますか。

jikan wa kakarimasuka.

我要顏色更亮的裙子。

もっと明るい色のスカートがほしいのですが。

超迷你句→ 明るい色のは。

akarui iro nowa.

（指著裙子說）

下着	內衣褲
ブラジャー	胸罩
ストッキング	絲襪
ハンカチ	手帕
スカーフ	絲巾
マフラー	圍巾

有沒有再素一點的顏色？

もう少し落ちついた色のものはありませんか。

超迷你句→ 地味な色のは。

jimi na iro nowa.

給我這條絲巾。

このスカーフをください。

超迷你句→**これ、お願_{ねが}いします。**

kore, onegai shimasu.

（指著絲巾說）

那個可以幫我訂貨嗎？

それを取_とり寄_よせてもらえませんか。

超迷你句→**取_とり寄_よせてください。**

tori yosete kudasai.

（指著要的東西說）

3

送人的包裝可是相當別緻的

郵送，包裝

MP3
7

可以幫我送到京王廣場飯店嗎？

京王プラザホテルまで届けてもらえませんか。

<u>超迷你句</u>→京王プラザに届けてください。

keeoo puraza ni todokete kudasai.

可以幫我送到這個住址嗎？

この住所に送ってもらえませんか。

<u>超迷你句</u>→ここにお願いします。

kokoni onegai shimasu.

（出示寫有住址的紙條說）

運費要多少？

送料はいくらになるでしょうか。

<u>超迷你句</u>→送料は。

sooryoo wa.

第
5
章

逛街購物

麻煩幫我包成送禮用的。

プレゼント用に包んでもらえますか。

超迷你句→ **これはプレゼントです。**

kore wa purezento desu.

這些請個別包。

これらを別々に包んでください。

超迷你句→ **別々の包装で。**

betsu betsu no hoosoo de.

這個用緞帶綁。

これはリボンをつけてください。

超迷你句→ **リボンをお願いします。**

ribon o onegai shimasu.

可不要被購買欲所征服了，要考慮好了再買

只看不買

我只是看一下而已。

ちょっと見ているだけです。

超迷你句→**見てるだけです。**

miteru dake desu.

（「だけ」為只是之意）

抱歉，我會再來。

すみません、また来ます。

超迷你句→**また来ます。**

mata kimasu.

（「また」再、又的意思）

我再逛一圈看看。

もう一回ひと回り見てからにします。

超迷你句→**ほかも見てみます。**

hoka mo mite mimasu.

5

講求不二價的日本，還是有討價還價的餘地的

講價、付款

MP3
7

這個手提包太貴了。

このハンドバッグは高^{たか}すぎます。

超迷你句→**高^{たか}すぎます。**

taka sugimasu.

（指著手提包說）

不能再便宜些嗎？

もうそれ以上^{いじょう}は安^{やす}くできないでしょうか。

超迷你句→**もっと安^{やす}くなりませんか。**

motto yasuku narimasenka.

買 2 個可以便宜點嗎？

2個買^{にこか}えば安^{やす}くしてもらえますか。

超迷你句→**2個^{にこ}だと安^{やす}いですか。**

niko dato yasui desuka.

140

這隻錶就算 2 萬日圓吧！

この時計、2万にしてください。

超迷你句→ **2万円でどうですか。**

niman en de doo desuka.

（指著手錶說）

這件衣服就打八折吧！

この洋服を２０％ディスカウントしてください。

超迷你句→ **2割オフでどうですか。**

niwari ofu de doo desuka.

（「オフ」〈off〉，「二割オフ」是打八折）

有 5 千日圓上下的東西嗎？

5千円前後の物はおいていませんか。

超迷你句→ **5千円ぐらいのはありますか。**

gosen en gurai nowa arimasuka.

（「ぐらい」是上下、左右之意）

可以讓我看便宜一點的大衣嗎？

あまり高くないコートを見せてもらえませんか。

超迷你句→ **安いコートはありますか。**

yasui kooto wa arimasuka.

安<ruby>す<rt></rt></ruby>い	便宜的
高<ruby>たか<rt></rt></ruby>い	貴的
ディスカウント	打折
割引<ruby>わりびき<rt></rt></ruby>	打折
偽物<ruby>にせもの<rt></rt></ruby>	仿冒品
本物<ruby>ほんもの<rt></rt></ruby>	真貨

這個可以用免稅買嗎？

これは免税で買えますか。

<u>超迷你句</u>→**免税にできますか。**

menzee ni dekimasuka.

（指著東西說）

在哪裡算帳呢？

お勘定はどこでしょうか。

<u>超迷你句</u>→**支払いはどこで。**

shiharai wa dokode.

全部要多少錢？

全部<ruby>ぜんぶ</ruby>でいくらになりますか。

超迷你句→ **全部<ruby>ぜんぶ</ruby>でいくら。**

　　　　zenbu de ikura.

這裡可以刷卡嗎？

こちらはクレジットカードは使<ruby>つか</ruby>えますか。

超迷你句→ **カードでいいですか。**

　　　　kaado de ii desuka.
　　　　（邊出示信用卡邊說）

◎ 應急單字

VISA	VISA 卡
Master	Master 卡
UC	UC 卡
アメリカン・エクスプレス	American Express 卡

| JCB | JCB 卡 |

這是含稅的價錢嗎？

これは税金込みの値段でしょうか。

超迷你句→消費税は。

shoohizee wa.

（指著價錢說）

計算好像有錯。

計算が間違っているようですが。

超迷你句→間違ってます。

machigatte masu.

（出示收據說）

請再查一次。

もう一度チェックしてみてください。

超迷你句→チェックしてください。

chekku shite kudasai.

144

6 退貨

購買前別忘了要好好的檢查一下喔

這件襯衫尺寸不合，我想退貨。

このシャツはサイズが合わないので、返品したいのですが。

超迷你句→**返品したいです。**

henpin shitai desu.

（出示襯衫說）

我想把這件黑的換這件紅的。

この黒いのをこの赤いのに交換してください。

超迷你句→**交換できますか。**

kookan deki masuka.

（拿起黑色跟紅色並做交換動作）

這件大衣沾有污垢。

このコートにしみが付いていました。

超迷你句→**しみがあります。**

shimi ga arimasu.

應急單字

よご 汚れ	污垢
しみ	污垢
ほつれ	脱線
やぶ 破れている	破洞
ふりょうひん 不良品	不良品

可以退貨嗎？

へんきん
返金してもらえますか。

超迷你句→**返金できますか。**

        henkin dekimasuka.

改好了可以通知我嗎？

なお
直ったら連絡してもらえませんか。

超迷你句→**できたら電話してください。**

        dekitara denwa shite kudasai.

第六章

觀光

觀光的第一步就從旅遊服務中心開始

在旅遊服務中心

MP3
8

有沒有市內觀光團。

市内観光のツアーはあるでしょうか。

<u>超迷你句</u>→**市内観光はありますか。**

shinai kankoo wa arimasuka.

有去箱根的觀光團嗎？

箱根へ行くツアーはありますか。

<u>超迷你句</u>→**箱根のツアーは。**

hakone no tsuaa wa.

有沒有一天行程的觀光團？

一日のツアーはありませんか。

<u>超迷你句</u>→**一日ツアーに行きたいです。**

ichinichi tsuaa ni ikitai desu.

應急單字

一日ツアー （いちにち）	一天行程觀光團
半日ツアー （はんにち）	半天行程觀光團
ナイトツアー	晚上行程觀光團
フェリーのツアー	渡輪之旅
温泉ツアー （おんせん）	温泉之旅
お花見ツアー （はなみ）	賞花之旅

想去京都玩。

京都へ旅行したいのですが。
（きょうと）（りょこう）

超迷你句→京都へ行きたいです。
（きょうと）（い）

kyooto e ikitai desu.

有滑雪的團嗎？

スキーツアーはありませんか。

超迷你句→スキーツアーは。

sukii tsuaa wa.

有遊東京名勝的團嗎？

東京の観光名所のツアーはありませんか。

超迷你句→ **東京の名所ツアーは。**

tookyoo no meesho tsuaa wa.

我想參加晚上行程的觀光團。

ナイトツアーに参加したいのですが。

超迷你句→ **ナイトツアーに行きたいです。**

naito tsuaa ni ikitai desu.

應急單字

名所	名勝地區
お寺	寺廟
神社	神社（日本獨特專屬寺廟）
お城	城堡
古い町	古街

這裡有乘坐遊艇的觀光團嗎？

ここはフェリーのツアーはありますか。

超迷你句→**フェリーのツアーは。**
　　　　ferii no tsuaa wa.

有遊覽市郊行程的觀光團嗎？

郊外を回るツアーはありますか。

超迷你句→**郊外へ行くツアーは。**
　　　　koogai e iku tsuaa wa.

可以參加今天的這個團嗎？

今日、このツアーに参加できますか。

超迷你句→**今日、これに行きたいです。**
　　　　kyoo, kore ni ikitai desu.
　　　　（指著想參加的團說）

請告訴我這個觀光團的行程。

このツアーの内容を教えてもらえませんか。

超迷你句→**どんなツアーですか。**
　　　　donna tsuaa desuka.
　　　　（指著想參加的團說）

這個團是搭遊覽車去的嗎？

このツアーはバスで行くのでしょうか。

超迷你句→**バスを使いますか。**

　　　basu o tsukai masuka.

去遊覽時，要帶哪些東西？

ツアーに行くとき、何を持っていったらいいです
か。

超迷你句→**何か必要なものはありますか。**

　　　nanika hitsuyoo na mono wa arimasuka.

哪個團比較有人氣呢？

どの観光ツアーに人気がありますか。

超迷你句→**人気があるのは。**

　　　ninki ga aruno wa .

那個團有自由活動時間嗎？

そのツアーでは自由時間はとれますか。

超迷你句→**フリータイムはありますか。**

furii taimu wa arimasuka.

（指著想參加的團說）

最好帶外套比較好嗎？

コートを持っていった方がいいでしょうか。

超迷你句→**コートは必要ですか。**

kooto wa hitsuyoo desuka.

びじゅつかん 美術館	美術館
すいぞくかん 水族館	水族館
ゆうえんち 遊園地	遊樂園
ぼくじょう 牧場	牧場
ディズニーランド	迪斯奈樂園
とうきょう 東京タワー	東京鐵塔

這些旅行團有什麼不同？

これらのツアーはどこが違^{ちが}うのですか。

超迷你句→**違^{ちが}いは何^{なん}ですか。**

chigai wa nan desuka.

（指著想參加的各種團說）

這個半天行程的團要花幾個鐘頭？

この半日^{はんにち}のツアーは何時間^{なんじかん}かかりますか。

超迷你句→**これは何時間^{なんじかん}のツアーですか。**

kore wa nan jikan no tsuaa desuka.

（指著半天行程的團說）

這個旅行團幾點可以回來？

ツアーは何時^{なんじ}に帰^{かえ}ってこられますか。

超迷你句→**何時^{なんじ}に終^おわりますか。**

nanji ni owarimasuka.

有附導遊嗎？

ガイドさんは付^つけてもらえるでしょうか。

超迷你句→**ガイドはいますか。**

gaido wa imasuka.

中国語 ちゅうごくご	中國話
英語 えいご	英語
日本語 にほんご	日語
日帰り ひがえ	一天往返（遊覽）
待ち合わせ ま あ	集合
受付 うけつけ	接待；櫃臺

我需要附中國導遊。

中国人のガイドさんを付けてもらえるでしょう
ちゅうごくじん　　　　　　　　つ
か。

超迷你句→中国人ガイドが必要です。
　　　　　ちゅうごくじん　　　　　ひつよう

chuugokujin gaido ga hitsuyoo desu.

麻煩你附加一個個人導遊。

個人でガイドさんをお願いしたいのですが。
こじん　　　　　　　　　ねが

超迷你句→個人のガイドをお願いします。
　　　　　こじん　　　　　　　　ねが

kojin no gaido o onegai shimasu.

這個團規定幾位名額？

このツアーの定員は何名でしょうか。

超迷你句→**定員は。**

teein wa.

是從哪裡出發？

出発はどこからでしょうか。

超迷你句→**どこから出発しますか。**

doko kara shuppatsu
shimasuka.

旅行團什麼時候出發？

ツアーはいつ出発でしょうか。

超迷你句→**何時に出発しますか。**

nanji ni shuppatsu shimasuka.

幾點回到這裡？

何時にここに戻ってくるのでしょうか。

超迷你句→何時に戻ってきますか。

nanji ni modotte kimasuka.

這個團的費用是多少？

このツアーの費用はいくらでしょうか。

超迷你句→いくらですか。

ikura desuka.
（指著想參加的團說）

除此之外，還有什麼必需支付的？

これ以外にも何かまだ払わなければなりませんか。

超迷你句→ほかに費用はかかりますか。

hoka ni hiyoo wa hitsuyoo desuka.

這個旅行團有附餐嗎？

このツアーには食事代は入っていますか。

超迷你句→食事込みですか。

shokuji komi desuka.

第**6**章

觀光

157

にゅうじょうりょう 入場料	入場費
にゅうよくりょう 入浴料	入浴費
しょくじだい 食事代	用餐費
こうつうひ 交通費	交通費
べつりょうきん 別料金	額外收費

現在，在這裡付款嗎？

いま 今ここで料金を払うのですか。

超迷你句→ いま しはら 今支払うのですか。

ima shiharau no desuka.

這裡可以預約旅行團嗎？

ここでツアーの予約はできますか。

超迷你句→ いま よやく 今予約できますか。

ima yoyaku dekimasuka.

我們有 4 個人想參加下個星期日的這個旅行團。

来週の日曜日、このツアーに４人参加したいんですが。

超迷你句→ 来週の日曜、４人参加します。

raishuu no nichiyoo, yonin sanka shimasu.

這個團學生有打折嗎？

このツアーは、学生割引はしていますか。

超迷你句→ 学割はありますか。

gakuwari wa arimasuka.
（指著想參加的團說）

這個團還有空位嗎？

このツアーにはまだ空席はありますか。

超迷你句→ 空きはありますか。

aki wa arimasuka.
（指著想參加的團說）

2

嚮往已久的名勝可要好好欣賞喔

在旅遊地

那個建築物是什麼？

あの建物は何ですか。

超迷你句→**あれは何ですか。**

are wa nan desuka.

（指著建築物說）

在那裡的那個湖叫什麼名字？

そちらにある湖は何という名前ですか。

超迷你句→**それはなに湖ですか。**

sore wa nani ko desuka.

這座橋相當古老吧？

この橋は非常に古いものですか。

超迷你句→**これは古そうですね。**

kore wa furu soo desune.

（指著橋說）

うみ 海	海
かわ 川	河川
やま 山	山
けしき 景色	景色
きれい	漂亮、美麗
すばらしい	極美、壯觀

這裡拍照沒關係吧？

ここは写真を撮ってもかまいませんか。

超迷你句→写真を撮ってもいいですか。

shashin o tottemo ii desuka.

廁所在哪裡？

トイレはどこですか。

超迷你句→トイレは。

toire wa.

大約幾點出發？

出発は何時ごろですか。

超迷你句→**いつ出発しますか。**

itsu shuppatsu shimasuka.

這裡停留多久？

ここにどのくらいいますか。

超迷你句→**何分いますか。**

nanpun imasuka.

可以幫我拍個照嗎？

写真を撮っていただけませんか。

超迷你句→**シャッターをお願いします。**

shattaa o onegai shimasu.

第七章

娛樂

1

演唱會、歌劇都可以就地買票欣賞的

觀賞歌劇、音樂會

MP3
9

我想去聽音樂會。

コンサートを聞きに行きたいのですが。

超迷你句→**コンサートに行きたいです。**
konsaato ni ikitai desu.

在哪裡可以買到入場券？

チケットはどこで買えますか。

超迷你句→**チケットはどうしますか。**
chiketto wa doo shimasuka.

可以麻煩您幫我預約嗎？

私のかわりに予約していただけますか。

超迷你句→ **予約してください。**

yoyaku shite kudasai.

有當天的入場券嗎？

当日券はありますか。

超迷你句→ **当日券は。**

toojitsuken wa.

還有空位嗎？

席はまだありますか。

超迷你句→ **チケットは残っていますか。**

chiketto wa nokotte imasuka.

請給我星期五兩張。

金曜日の席を2枚お願いします。

超迷你句→ **金曜日を2枚。**

kin yoobi o ni mai.

還有對號座位嗎？

指定席^{していせき}はまだありますか。

超迷你句→指定席^{していせき}は。

shitee seki wa.

請給我前面的位子。

前^{まえ}の方^{ほう}の席^{せき}をお願^{ねが}いします。

超迷你句→前^{まえ}の方^{ほう}がいいです。

mae no hoo ga ii desu.

劇場^{げきじょう}	劇場
映画館^{えいがかん}	電影院
公園^{こうえん}	公園
歌舞伎座^{かぶきざ}	歌舞伎座（日本傳統歌劇劇院）
グラウンド	運動場
武道館^{ぶどうかん}	武道館（室內運動場）

入場費要多少錢？

入場料はおいくらですか。

超迷你句→**いくらですか。**

ikura desuka.

音樂會幾點開始？

コンサートは何時から始まりますか。

超迷你句→**何時からですか。**

nanji kara desuka.

休息時間有多久？

休憩時間はどれくらいですか。

超迷你句→**休憩は何分ですか。**

kyuukee wa nanpun desuka.

戲劇是幾點結束？

芝居は何時におわりますか。

超迷你句→**何時までですか。**

nanji made desuka.

應急單字

ライブ	現場演唱會
オペラ	歌劇
ミュージカル	歌舞劇
路上（ろじょう）パフォーマンス	街頭表演（演唱）

第八章

交通

外出時要記得帶地圖喔

問路

我迷路了。

道<ruby>道<rt>みち</rt></ruby>に迷<ruby>迷<rt>まよ</rt></ruby>ってしまいました。

超迷你句→道<ruby>道<rt>みち</rt></ruby>がわかりません。

michi ga wakarimasen.

這裡是這張地圖上的哪裡？

この地図<ruby>地図<rt>ちず</rt></ruby>だと、ここはどこになりますか。

超迷你句→ここはどこですか。

koko wa doko desuka.

（出示地圖說）

這裡是什麼地方？

ここは何<ruby>何<rt>なん</rt></ruby>という所<ruby>所<rt>ところ</rt></ruby>でしょうか。

超迷你句→ここはなに町<ruby>町<rt>まち</rt></ruby>ですか。

koko wa nani machi desuka.

我現在在哪裡？/ 這裡是哪裡？

今私がいるのは、どこでしょうか。

超迷你句→ここはどこですか。

koko wa doko desuka.

這附近有車站嗎？

この近くに駅はありますか。

超迷你句→駅はどこですか。

eki wa doko desuka.

這條路往車站嗎？

駅へ行くのはこの道でいいでしょうか。

超迷你句→駅はこっちですか。

eki wa kocchi desuka.

（指著方向說）

離這裡最近的銀行要怎麼走？

一番近い銀行まではどうやって行けばいいですか。

超迷你句→銀行はどこですか。

ginkoo wa doko desuka.

可以麻煩您帶我到那裡去嗎？

そこまで連れていっていただけませんか。

超迷你句→連れていってください。

tsurete itte kudasai.

右 みぎ	右邊
左 ひだり	左邊
隣 となり	隔壁
右に曲がる みぎ　ま	右轉
突き当たり つ　あ	盡頭
まっすぐ行く い	直走

從這裡到那裡遠嗎？

ここからそこまで遠いでしょうか。
　　　　　　　　　とお

超迷你句→遠いですか。
　　　　　とお

tooi desuka.

到這個地址要怎麼走？

この住所はどう行けばいいでしょうか。

超迷你句→ **これはどちらですか。**

kore wa dochira desuka.

（出示寫有地址的紙條說）

那在這條路上的右邊還是左邊？

それはこの道の右にありますか、左ですか。

超迷你句→ **右側ですか、左側ですか。**

migigawa desuka, hidarigawa desuka.

（邊指著道路邊說）

能請您幫我畫個圖嗎？

地図を描いていただりませんか。

超迷你句→ **地図を描いてください。**

chizu o kaite kudasai.

應急單字

信号	紅綠燈
交差点	十字路口
大通り	大馬路

第 8 章 交通

踏切 ふみきり	平交道
横断歩道 おうだん ほどう	斑馬線
公衆電話 こうしゅう でんわ	公用電話

可以走到的距離嗎？

歩いて行ける距離ですか。
ある　　い　　　　きょり

超迷你句→**歩けますか。**
　　　　　　　　ある

aruke masuka.

走路大概要花多少時間？

歩くとどのくらいかかりますか。
ある

超迷你句→**歩いて何分ですか。**
　　　　　　　　ある　　なんぷん

aruite nanpun desuka.

搭電車還是搭公車好呢？

電車とバスではどっちで行く方がいいでしょう
でんしゃ　　　　　　　　　　　　い　ほう

か。

超迷你句→**電車がいいですか。それともバス。**
　　　　　　　　でんしゃ

densha ga ii desuka. sore tomo basu.

174

2

人多短距離時坐計程車是划得來的

坐計程車

計程車招呼站在哪裡？

タクシー乗り場はどこでしょうか。

超迷你句 → **タクシーに乗りたいです。**
takushii ni noritai desu.

對不起。可以麻煩你幫我叫一部計程車嗎？

すみません、タクシーを呼んでもらえませんか。

超迷你句 → **タクシーをお願いします。**
takushii o onegai shimasu.

我到東京車站。

東京駅までお願いします。

超迷你句 → **東京駅。**
tookyoo eki.
（跟計程車司機說）

第 **8** 章 交通

175

請你直走。

まっすぐ行ってください。

超迷你句→ **まっすぐお願いします。**

massugu onegai shimasu.

請在下一個轉角左轉。

次の角を左へ曲がってください。

超迷你句→ **次を左へ。**

tsugi o hidari e.

我要到這上面的住址的地方。

この住所のところへ行ってください。

超迷你句→ **ここへお願いします。**

koko e onegai shimasu.

（出示寫有地址的紙條說）

請再開快一點。

もう少しはやく走ってください。

超迷你句→ **はやくお願いします。**

hayaku onegai shimasu.

請在這裡等一下。

ここで待っていてくださいますか。

超迷你句→ちょっと待っていてください。
chotto matte ite kudasai.

我在那棟黑色大樓前下車。

あの黒いビルの前で降ります。

超迷你句→あのビルの前で。
ano biru no mae de.

我在這裡下車。

ここで降ります。

超迷你句→ここで。
koko de.

請在這裡停車。

ここで止めてください。

超迷你句→ここでいいです。
koko de ii desu.

3

有路線圖就可破解錯綜複雜的電車跟地鐵路線了

坐電車、地鐵

MP3
10

能給我地鐵的行車路線圖嗎？

地下鉄の路線図をもらえませんか。

超迷你句→**路線図をください。**

rosenzu o kudasai.

坐哪一班電車可以到上野？

上野へ行くにはどの電車に乗ればいいですか。

超迷你句→**上野行きは、どれですか。**

ueno yuki wa dore desuka.

開往新宿的電車是在第幾月台？

新宿行きの電車は何番線からでしょうか。

超迷你句→**新宿行きは、どのホームですか。**

sinjukuyuki wa dono hoomu desuka.

這自動售票機怎麼用？

この自動券売機はどうやって使うのですか。

超迷你句→**使い方を教えてください。**

tsukaikata o oshiete kudasai.

（指著自動售票機說）

在哪一站下好呢？

どの駅で降りればいいでしょうか。

超迷你句→**どの駅で降りますか。**

dono eki de orimasuka.

（拿著路線圖問會更清楚）

快車在大森站有停嗎？

急行は大森にとまるでしょうか。

超迷你句→**急行は大森にとまりますか。**

kyuukoo wa oomori ni tomarimasuka.

這班地鐵在涉谷有停嗎？

この地下鉄は渋谷に止まりますか。

超迷你句→**渋谷に行きますか。**

shibuya ni ikimasuka.

坐地鐵去銀座，要在哪裡換車？

銀座へ行くのにどこで地下鉄を乗り換えるのでしょうか。

超迷你句→**銀座に行きます。どこで乗り換えますか。**

ginza ni ikimasu. doko de norikae masuka.

（拿著路線圖問會更清楚）

出口	出口
入り口	入口
乗り換え	換車
乗り越す	坐過站
ホーム	月台
運転手	司機

在哪裡換電車？

どこで電車を乗り換えればいいのでしょうか。

超迷你句→**どこで乗り換えますか。**

doko de norikae masuka.

到那裡要幾站？

そこまでに駅はいくつあるんですか。

超迷你句→いくつ目の駅ですか。

ikutsume no eki desuka.

（指著要去的站說）

下一站是哪裡？

次の駅はどこですか。

超迷你句→次はどこですか。

tsugi wa doko desuka.

請給我兩張東京都內周遊券。

東京都内の周遊券を2枚ください。

超迷你句→都内周遊券、2枚。

tonai shuuyuuken, ni mai.

 應急單字

きっぷ 切符	車票
かいすうけん 回数券	回數票
じょうしゃけん 乗車券	車票

周<ruby>遊<rt>しゅうゆう</rt></ruby><ruby>券<rt>けん</rt></ruby>	周遊券
<ruby>運賃<rt>うんちん</rt></ruby>	車費

到成田機場多少車錢？

<ruby>成田<rt>なりた</rt></ruby><ruby>空港<rt>くうこう</rt></ruby>までの<ruby>運賃<rt>うんちん</rt></ruby>はいくらでしょうか。

超迷你句→<ruby>成田<rt>なりた</rt></ruby><ruby>空港<rt>くうこう</rt></ruby>までいくらですか。

narita kuukoo made ikura desuka.

我坐過站了，請你算一下。

<ruby>乗<rt>の</rt></ruby>り<ruby>越<rt>こ</rt></ruby>し<ruby>精算<rt>せいさん</rt></ruby>を<ruby>願<rt>ねが</rt></ruby>いします。

超迷你句→<ruby>乗<rt>の</rt></ruby>り<ruby>越<rt>こ</rt></ruby>しです。

norikoshi desu.

往東京鐵塔的出口在哪裡？

<ruby>東京<rt>とうきょう</rt></ruby>タワーへの<ruby>出口<rt>でぐち</rt></ruby>はどちらですか。

超迷你句→<ruby>東京<rt>とうきょう</rt></ruby>タワーはどっち。

tookyoo tawaa wa docchi.

4
坐巴士

想逛日本的大街小巷可以坐巴士

MP3 10

12 號公車在哪裡坐？

１２番のバスはどこから乗るのでしょうか。

超迷你句→**１２番のバス停は。**
juuniban no basutee wa.

這附近有公車站牌嗎？

この近くにバス停はあるでしょうか。

超迷你句→**バス停はどこですか。**
basutee wa doko desuka.

這裡是往池袋的公車站牌嗎？

池袋行きのバスはこれでしょうか。

超迷你句→**これは池袋へ行きますか。**
kore wa ikebukuro e ikimasuka.
（指著公車說）

第**8**章

交通

哪一班公車有在青山路停？

青山通りに止まるのはどのバスですか。

超迷你句→青山通り行きのバスは。

aoyama doori yuki no basu wa.

下一班往六本木的公車是幾點發車？

次の六本木行きのバスはいつ出ますか。

超迷你句→六本木行きは何時に出ますか。

roppongi yuki wa nanji ni demasuka.

這班公車有到品川飯店嗎？

このバスは品川ホテルに行きますか。

超迷你句→品川ホテルに行きますか。

shinagawa hoteru ni ikimasuka.

（問公車司機）

搭公車大概要花多少時間？

バスだとどのくらい時間がかかるでしょうか。

超迷你句→バスでどのぐらいですか。

basu de dono gurai desuka.

上公車時就付錢嗎？

バスに乗るときにお金を払うのですか。

超迷你句 → 乗るときお金を払いますか。

noru toki okane o haraimasuka.

從這裡到原宿的車費是多少？

ここから原宿までの料金はいくらですか。

超迷你句 → 原宿までいくらですか。

harajuku made ikura desuka.

我在下一站下車。

次のバス停で降ろしてください。

超迷你句 → 次で降ります。

tsugi de orimasu.

如果到了中心醫院，請通知我一下。

センター病院についたら教えてください。

超迷你句 → センター病院で降ります。教えてく
ださい。

sentaa byooin de orimasu. oshiete
kudasai.

隨手
筆記

第九章

郵局、電話

1

傳達動人心弦的旅情盡在一張明信片上

在郵局

MP3 11

麻煩這封信要寄到台灣。

この手紙を台湾までお願いします。

超迷你句→**台湾まで。**

taiwan made.

（邊遞出信邊說）

我想寄這張明信片到台灣。

このはがきを台湾に出したいのですが。

超迷你句→**台湾にお願いします。**

taiwan ni onegai shimasu.

（邊遞明信片邊說）

麻煩這包裹用船運。

この小包を船便でお願いします。

超迷你句→**船便で。**

funabin de.

（邊遞出包裹邊說）

應急單字

航空便 こうくうびん	航空（信）
船便 ふなびん	船運
郵便番号 ゆうびんばんごう	郵遞區號
速達 そくたつ	快遞
書留 かきとめ	掛號信
印刷物 いんさつぶつ	印刷品

掛號費是多少？

書留の料金はいくらですか。
かきとめ　りょうきん

超迷你句 →書留はいくらですか。
かきとめ

kakitome wa ikura desuka.

2

打電話跟日本的親朋好友問個好吧

打市內電話

MP3
11

喂！小林先生在嗎？

もしもし、小林さんいらっしゃいますか。

超迷你句→小林さんをお願いします。

kobayashi san o onegai shimasu.

我叫王建華。

私は王建華と申します。

超迷你句→王建華です。

oo ken ka desu.

對不起。我不會說日語。

すみません、日本語が話せません。

超迷你句→日本語はわかりません。

nihongo wa wakarimasen.

有會說英語的人嗎？

英語の話せる方はいらっしゃいますか。

超迷你句→ **英語がわかる方は。**

eego ga wakaru kata wa.

能幫我打電話嗎？

私のかわりに電話をかけてくれませんか。

超迷你句→ **私のかわりにかけてください。**

watashi no kawarini kakete kudasai.

這是電話號碼。

これが電話番号です。

超迷你句→ **これです。**

kore desu.

（出示寫有電話號碼的紙條說）

對不起。打錯了。

すみません。電話をかけ間違えました。

超迷你句→ **すみません。間違えました。**

sumimasen. machigae mashita.

（打錯電話時，最好說聲對不起）

能麻煩幫我帶個口信嗎？

<ruby>伝言<rt>でんごん</rt></ruby>をお<ruby>願<rt>ねが</rt></ruby>いできますか。

超迷你句→メッセージをお<ruby>願<rt>ねが</rt></ruby>いします。

messeeji o onegai shimasu.

請轉告他，給我回電。

<ruby>私<rt>わたし</rt></ruby>に<ruby>電話<rt>でんわ</rt></ruby>をするよう<ruby>彼<rt>かれ</rt></ruby>に<ruby>伝<rt>つた</rt></ruby>えてください。

超迷你句→<ruby>電話<rt>でんわ</rt></ruby>するように<ruby>言<rt>い</rt></ruby>ってください。

denwa suru yoo ni itte kudasai.

我的電話是 03-1234-5678。

<ruby>私<rt>わたし</rt></ruby>の<ruby>電話番号<rt>でんわばんごう</rt></ruby>は<ruby>東京<rt>とうきょう</rt></ruby><ruby>０３<rt>ぜろさん</rt></ruby>－<ruby>１２３４<rt>いちにさんよん</rt></ruby>－<ruby>５６７８<rt>ごろくななはち</rt></ruby>です。

超迷你句→<ruby>０３<rt>ぜろさん</rt></ruby>－<ruby>１２３４<rt>いちにさんよん</rt></ruby>－<ruby>５６７８<rt>ごろくななはち</rt></ruby>です。

tookyoo, ichi ni san yon no go roku shichi hachi desu.
（「-」的地方要停頓一下）

那麼我掛電話了。

では<ruby>失礼<rt>しつれい</rt></ruby>いたします。

超迷你句→<ruby>失礼<rt>しつれい</rt></ruby>します。

shitsuree shimasu.

3

也別忘了打國際電話跟家人報個平安

在飯店打國際電話 **MP3 11**

我想打越洋電話到台灣。

台湾（たいわん）へ国際（こくさい）電話（でんわ）をかけたいのですが。

超迷你句→**台湾（たいわん）へ国際（こくさい）電話（でんわ）を。**

taiwan e kokusai denwa o.

我是中田，304 號房。

中田（なかた）です。部屋（へや）は３０４号室（さんまるよんごうしつ）です。

超迷你句→**３０４（さんまるよん）の中田（なかた）です。**

san maru yon no nakata desu.

我想打對方付費電話。

コレクトコールをかけたいのですが。

超迷你句→**コレクトコールお願（ねが）いします。**

korekuto kooru onegai shimasu.

應急單字

指名電話 しめいでんわ	指名電話
番号通話 ばんごう つうわ	不指名電話
コレクトコール	對方付費電話

小專欄

　　在日本購物怎麼討價還價呢？首先選擇可以討價還價的場所，例如秋葉原的電器街、大百貨公司及商場背後的橫街窄巷。接下來是方法，告訴店員東西太貴了，可不可以再便宜一點外，先開低價，再予折中等等，其實跟您在國內的技巧是一樣的。有些人不須語言，用電子計算機上所顯示的數字，來討價還價，也不失為一個好方法。

第十章

遇到麻煩

1

經常出外旅遊的人也不要太大意了喔

東西掉了

我的錢包掉了。

私は財布をなくしました。

超迷你句→財布がありません。

saifu ga arimasen.

皮包放在計程車內忘了拿。

タクシーの中にバッグを置き忘れました。

超迷你句→タクシーにバッグを忘れました。

takushii ni baggu o wasure mashita.

裡面有現金跟信用卡。

中^{なか}に現金^{げんきん}とカードが入^{はい}っています。

<u>超迷你句</u>→**中^{なか}は現金^{げんきん}とカードです。**

naka wa genkin to kaado desu.

是褐色皮製的皮包。

茶色^{ちゃいろ}の革製^{かわせい}のバッグです。

<u>超迷你句</u>→**茶色^{ちゃいろ}の革^{かわ}です。**

chairo no kawa desu.

最近的派出所在哪裡？

一番近^{いちばんちか}い警察署^{けいさつしょ}はどこですか。

<u>超迷你句</u>→**警察^{けいさつ}はどこですか。**

keesatsu wa doko desuka.

我想打電話到台北駐日經濟文化代表處去。

台北駐日経済文化代表処^{タイペイちゅうにちけいざいぶんかだいひょうしょ}に電話^{でんわ}をしたいのですが。

<u>超迷你句</u>→**台北駐日経済文化代表処^{タイペイちゅうにちけいざいぶんかだいひょうしょ}に連絡^{れんらく}し**

たいです。

taipee chuunichi keezai bunka daihyoosho
ni renraku shitai desu.

2

護照可要隨身帶著喔

被偷、被搶時

MP3
12

我的皮包被偷了。

私はバッグを盗まれました。

超迷你句→ **バッグを取られました。**

baggu o torare mashita.

皮包裡放有護照。

バッグの中にはパスポートが入っています。

超迷你句→ **パスポートが入っています。**

pasupooto ga haitte imasu.

可以請你幫我叫警察嗎？

警察に連絡してくれませんか。

超迷你句→ **警察に電話してください。**

keesatsu ni denwa shite kudasai.

198

應急單字

パトカー	警車
しょうぼうしゃ 消防車	消防車
きゅうきゅうしゃ 救急車	救護車
けいさつ 警察	警察
ひゃくとおばん １１０番	110
ひゃくじゅうきゅうばん １１９番	119

小偷，抓住他！

すりだ、つかまえて！

超迷你句→**すりだ！**

surida!

救命呀！

だれ　たす
誰か助けて！

超迷你句→**助けて！**

tasukete!

你幹什麼！

やめてください！

超迷你句→**やめて！**

yamete!

3

不要驚慌，有困難就求助於旁邊的人

交通事故

我遇到車禍了。

私は交通事故にあいました。

超迷你句→**交通事故にあいました。**

kootsuu jiko ni aimashita.

請叫救護車。

救急車を呼んでください。

超迷你句→**救急車お願いします。**

kyuukyuusha onegai shimasu.

快一點。

急いでください。

超迷你句→**急いで！**

isoide!

這裡有人受傷。

ここにけが人がいます。

超迷你句→**この人はけがをしています。**

kono hito wa kega o shite imasu.

4

首先通知飯店櫃臺人員

生病了

MP3 12

我身體不舒服。

気分が悪いのですが。

超迷你句→気分が悪いです。

kibun ga warui desu.

我胃痛。

胃が痛いんですが。

超迷你句→おなかが痛いです。

onaka ga itai desu.

我感冒了。

風邪をひきました。

超迷你句→風邪です。

kaze desu.

能請你叫醫生來嗎？

お医者さんを呼んでもらえませんか。

超迷你句→**お医者さんをお願いします。**

oisha san o onegai shimasu.

請你帶我到醫院去。

病院に連れていってください。

超迷你句→**病院へ行きたいです。**

byooin e ikitai desu.

沒有任何起色。

少しもよくなりません。

超迷你句→**治りません。**

naorimasen.

好了。

よくなりました。

超迷你句→**もう元気です。**

moo genki desu.

體溫是 37 度 5 分。

熱は３７度５分あります。

超迷你句→ ３７度５分です。

san juu nana do go bu desu.

頭痛	頭痛
腹痛	肚子痛
下痢	瀉肚子
歯痛	牙痛
けが	受傷
やけど	燙傷

我得了什麼病？

私はどんな病気ですか。

超迷你句→ なんの病気ですか。

nanno byooki desuka.

很嚴重嗎？

ひどいのでしょうか。

超迷你句→重_{おも}いですか。

omoi desuka.

可以繼續旅行嗎？

旅行_{りょこう}は続_{つづ}けてもいいでしょうか。

超迷你句→旅行_{りょこう}しても大丈夫_{だいじょうぶ}ですか。

ryokoo shitemo daijoobu desuka.

這裡很痛。

ここが痛_{いた}いです。

超迷你句→痛_{いた}いです。

itai desu.

（指著痛的地方）

我是敏感體質。

私<ruby>わたし</ruby>はアレルギー体質<ruby>たいしつ</ruby>です。

<u>超迷你句</u>→アレルギーがあります。

arerugii ga arimasu.

薬<ruby>くすり</ruby>	藥
風邪薬<ruby>かぜぐすり</ruby>	感冒藥
胃腸薬<ruby>いちょうやく</ruby>	胃腸藥
目薬<ruby>めぐすり</ruby>	眼藥
うがい薬<ruby>ぐすり</ruby>	漱口藥水
かゆみ止<ruby>ど</ruby>め	止癢（藥膏）
軟膏<ruby>なんこう</ruby>	軟膏
湿布<ruby>しっぷ</ruby>	藥布
包帯<ruby>ほうたい</ruby>	繃帶
栄養剤<ruby>えいようざい</ruby>	營養藥品

隨手
筆記

第十一章

回國

1

機位的再確認可千萬別忘了

到機場

MP3
13

我要再確認機位。

予約のリコンファームをしたいのですが。

超迷你句→リコンファームを。

rikonfaamu o.

中華航空 107 班機的報到櫃臺在哪裡？

中華航空１０７便のチェックインカウンターはどこですか。

超迷你句→中華航空１０７のチェックインは。

chuuka kookuu ichi maru nana no chekku in wa.

（這裡的「0」一般唸「まる」）

幾點到登機門好呢？

出発ゲートへは何時までに行けばいいでしょうか。

超迷你句→何時にゲートに行けばいいですか。

nanji ni geeto ni ikeba ii desuka.

這些東西必須申報嗎？

これらは申告しなければならないでしょうか。

超迷你句→**申告が必要ですか。**

shinkoku ga hitsuyoo desuka.

（指著東西說）

到幾號登機門呢？

何番ゲートに行けばいいのでしょうか。

超迷你句→**何番ゲートですか。**

nanban geeto desuka.

這裡是往台北的登機門嗎？

ここは台北行きのゲートでしょうか。

超迷你句→**台北行きはここですか。**

taipee yuki wa koko desuka.

飛機誤點嗎？

飛行機は遅れるのでしょうか。

超迷你句→**遅れていますか。**

okurete imasuka.

為什麼誤點呢？

どうして遅(おく)れているのですか。

超迷你句→ 何(なに)があったんですか。

nani ga attan desuka.

這班飛機幾點到台北？

この飛行機(ひこうき)は何時(なんじ)に台北(たいぺい)に着(つ)きますか。

超迷你句→ 到着(とうちゃく)は何時(なんじ)ですか。

toochaku wa nanji desuka.

（出示機票說）

第十二章

日常生活會話

1

自我介紹

初次見面，請多指教。

はじめまして。どうぞよろしく。

超迷你句→**はじめまして。**

hajime mashite.
（這句是雙方初次見面時常用的應酬話）

我的名字叫鈴木陽子。

私（わたし）の名前（なまえ）は鈴木陽子（すずきようこ）と言（い）います。

超迷你句→**鈴木陽子（すずきようこ）です。**

suzuki yooko desu.
（「私」常可以省略）

我是大塚製藥的高橋。

大塚製薬（おおつかせいやく）の高橋（たかはし）と申（もう）します。

超迷你句→**大塚製薬（おおつかせいやく）の高橋（たかはし）です。**

ootsuka seeyaku no takahashi desu.

我是從台灣來的。

台湾からまいりました。

超迷你句→**台湾人です。**

taiwanjin desu.

是總公司派來這裡的。

本社から派遣されてこちらへ来ました。

超迷你句→**本社から来ました。**

honsha kara kimashita.

我是慶應大學的學生。

慶應大学の学生です。

超迷你句→**学生です。**

gakusee desu.

我在貿易公司上班。

貿易会社で働いています。

超迷你句→**会社員です。**

kaishain desu.

我在電腦公司當研究員。

コンピューターの会社で研究員として働いています。

超迷你句→**研究員です。**

kenkyuuin desu.

應急單字

<ruby>会社<rt>かいしゃ</rt></ruby>	公司
<ruby>工 場<rt>こうじょう</rt></ruby>	工廠
<ruby>学校<rt>がっこう</rt></ruby>	學校
<ruby>店<rt>みせ</rt></ruby>	商店
<ruby>大使館<rt>たいしかん</rt></ruby>	大使館
<ruby>病 院<rt>びょういん</rt></ruby>	醫院

能認識您真高興。

お会いできてうれしいです。

超迷你句→**初めまして。**

hajime mashite.
（在這裡兩者意思是一樣的）

請您多多指教。

どうぞよろしくお願いします。

超迷你句→**どうぞよろしく。**

doozo yoroshiku.

今後也請多多指教。

これからもよろしくお願いいたします。

超迷你句→**今後ともよろしく。**

kongo tomo yoroshiku.

彼此彼此！請多指教！

こちらこそよろしくお願いします。

超迷你句→**こちらこそ。**

kochira koso.
（「こそ」是加強語氣，相當於中文的「才」）

2

兩塊榻榻米相當於一坪大

租房子

我在找兩房附廚房的公寓房子。

２ＤＫのアパートを探<ruby>探<rt>さが</rt></ruby>しています。

<u>超迷你句</u>→ ２ＤＫ<ruby>に<rt>に</rt></ruby><ruby>ディーケー<rt></rt></ruby>はありますか。

ni dii kee wa arimasuka.

（DK 是餐廳兼廚房）

我在找一個房間的公寓房子。

ワンルーム・マンションを探<ruby>探<rt>さが</rt></ruby>しています。

<u>超迷你句</u>→ ワンルームは。

wan ruumu wa.

（「ワンルーム」〈one room〉外來語是一個房間）

家裡共有３個人。

家族<ruby>家族<rt>かぞく</rt></ruby>は全部<ruby>全部<rt>ぜんぶ</rt></ruby>で３人<ruby>人<rt>さんにん</rt></ruby>です。

<u>超迷你句</u>→ ３人<ruby>人<rt>さんにん</rt></ruby>です。

san nin desu.

兒子5歲。

息子は5才です。

超迷你句→ **5才です。**

gosai desu.

我在東京大學唸書。

私は、東京大学で勉強しています。

超迷你句→ **東大の学生です。**

toodai no gakusee desu.

我是台灣來的留學生。

私は、台湾から来た留学生です。

超迷你句→ **台湾の留学生です。**

taiwan no ryuugakusee desu.

這間有附廁所跟浴室嗎？

この部屋には、トイレと風呂がついていますか。

超迷你句→ **トイレと風呂は。**

toire to furo wa.
（指著想租的房間說）

アパート	公寓
マンション	高級公寓
れいきん 礼金	給房東的酬謝金
しききん 敷金	押金，保證金
かいだん 階段	階梯
へや 部屋	房間

這間有附廚房嗎？

この部屋には、台所がありますか。

超迷你句→台所は。

daidokoro wa.

（指著想租的房間說）

公寓附近有很多商店嗎？

アパートの近くに、店はたくさんありますか。

超迷你句→近くに店はありますか。

chikaku ni mise wa arimasuka.

附近有銀行跟郵局嗎？

近くに銀行や郵便局はありますか。

超迷你句→**銀行や郵便局は。**

ginkoo ya yuubinkyoku wa.

這間公寓離車站稍微遠了些。

このアパートは、駅からちょっと遠いです。

超迷你句→**駅から遠いです。**

eki kara tooi desu.

（指著想租的房間說）

這間離大學太遠了。

この部屋は、大学から遠すぎます。

超迷你句→**大学から遠いです。**

daigaku kara tooi desu.

（指著想租的房間說）

離公車站牌近嗎？

バス停は近いですか。

超迷你句→**バス停はありますか。**

basutee wa arimasuka.

這間太貴了。

この部屋は、高すぎます。

<u>超迷你句</u>→ちょっと高いです。

chotto takai desu.

（指著想租的房間說）

有更便宜的房間嗎？

もっと安い部屋はありますか。

<u>超迷你句</u>→安いのはないですか。

yasui nowa nai desuka.

管理費一個月要多少？

管理費は一カ月いくらですか。

<u>超迷你句</u>→管理費はどのぐらいですか。

kanrihi wa donogurai desuka.

應急單字

台所	廚房
浴室	浴室
ガス	瓦斯

電気 でんき	電
暖房 だんぼう	暖氣
冷房 れいぼう	冷氣

要付押金跟禮金嗎？

敷金や礼金はありますか。
しききん　れいきん

超迷你句→**敷金や礼金は。**
　　　　　しききん　れいきん

shikikin ya reekin wa.

押金跟禮金要幾個月？

敷金と礼金は、何カ月ですか。
しききん　れいきん　　なん　げつ

超迷你句→**いくらですか。**

ikura desuka.
（指著押金跟禮金說）

什麼時候付房租？

家賃は、いつ払いますか。
やちん　　　はら

超迷你句→**家賃の支払いは。**
　　　　　やちん　しはら

yachin no shiharai wa.

自己負擔電跟瓦斯費用嗎？

電気代やガス代は、自分で払いますか。

超迷你句→ **電気とガスは、自分で。**

denki to gasu wa jibun de.

能看房間嗎？

部屋を見ることはできますか。

超迷你句→ **部屋を見たいです。**

heya o mitai desu.

是兩年契約吧！

契約は、２年間ですね。

超迷你句→ **２年ですね。**

ni nen desune.

在哪裡填寫姓名跟住址？

名前と住所は、どこに書きますか。

超迷你句→ **名前と住所は。**

namae to juusho wa.

在哪裡填寫保證人的姓名呢？

保証人の名前は、どこに書きますか。

超迷你句→**保証人は。**

　　hoshoonin wa.

忘了帶印章。

印鑑を持っていないんですが。

超迷你句→**印鑑がありません。**

　　inkan ga arimasen.

可以簽名嗎？

サインでもいいですか。

超迷你句→**サインでは。**

　　sain dewa.

預訂下星期搬家。

来週、引越しをするつもりです。

超迷你句→**来週です。**

　　raishuu desu.

3

各類垃圾要在指定的日期丟

丟垃圾

MP3
14

請告訴我垃圾要丟在哪裡？

ごみを捨てる場所を教えてください。

超迷你句→**ごみはどこに。**

gomi wa doko ni.

這間公寓有專用垃圾存放區嗎？

このアパートには、ごみ置き場がありますか。

超迷你句→**ごみ置き場はどこですか。**

gomi okiba wa doko desuka.

什麼時候拿垃圾出去丟？

ごみはいつ出しますか。

超迷你句→**ごみの収集は。**

gomi no shuushuu wa.

廚餘是星期幾丟？

生ゴミは、何曜日ですか。

超迷你句→**生ゴミは。**

nama gomi wa.

可燃垃圾是星期幾丟？

可燃ゴミは、何曜日ですか。

超迷你句→**可燃ゴミは。**

kanen gomi wa.

資源回收垃圾星期幾丟？

資源ゴミは、何曜日ですか。

超迷你句→**資源ゴミは。**

shigen gomi wa.

報紙該怎麼辦？

新聞は、どうしたらいいですか。

超迷你句→新聞はどうしますか。

shinbun wa doo shimasuka.

空罐頭該怎麼辦？

空き缶は、どうしたらいいですか。

超迷你句→空き缶は。

akikan wa.

空瓶該怎麼辦？

瓶は、どうしたらいいですか。

超迷你句→瓶は。

bin wa.

早上幾點拿垃圾出去？

ゴミは、朝何時までに出しますか。

超迷你句→何時に出しますか。

nanji ni dashimasuka.

什麼時候都可以把垃圾放在垃圾堆吧！

ゴミ置き場は、いつでもゴミを出していいんです
ね。

超迷你句→いつでも出していいですか。

itsu demo dashite ii desuka.

要放在什麼樣的袋子裡？

どんな袋に入れればいいですか。

超迷你句→どんな袋を使いますか。

donna fukuro o tsukaimasuka.

（有的地區使用指定的垃圾袋，各地區規定不同）

哪裡有賣垃圾袋？

ゴミ袋は、どこで売っていますか。

超迷你句→ゴミ袋はどこで。

gomi bukuro wa doko de.

粗大的垃圾該怎麼辦？

大きいゴミは、どうしますか。

超迷你句→大きいゴミは。

ookii gomi wa.

可燃垃圾是星期一、三、五吧！

燃えるゴミは、月水金ですね。

超迷你句→**月水金ですね。**

gessuikin desune.

這個也可以放在這裡吧！

これも、ここに出していいですか。

超迷你句→**これもいいですか。**

kore mo ii desuka.

（拿出要丟的垃圾說）

這個該怎麼辦？

これは、どうしたらいいですか。

超迷你句→**これは。**

kore wa.

（指要丟的垃圾說）

垃圾明天拿出去沒問題吧！

明日は、ゴミを出しても大丈夫ですか。

超迷你句→**明日も出せますか。**

asu mo dasemasuka.

228

4

遇到街坊鄰居就有禮貌的打聲招呼

跟鄰居打招呼

山田先生，您早！

山田さん、おはようございます。

超迷你句→**おはようございます。**
ohayoo gozaimasu.

啊！鈴木小姐你好！

あ、鈴木さん、こんにちは。

超迷你句→**こんにちは。**
konnichiwa.

晚安！您好嗎？

こんばんは。お元気ですか。

超迷你句→**こんばんは。**
konbanwa.

今天要去大學上課。

今日は大学に行きます。

超迷你句→**大学です。**

daigaku desu.

想去買東西。

買い物をしに行こうと思います。

超迷你句→**買い物です。**

kaimono desu.

去銀行。

銀行に行きます。

超迷你句→**ちょっと銀行へ。**

chotto ginkoo e.

想去散散步。

散歩をしてこようと思います。

超迷你句→**散歩です。**

sanpo desu.

おはようございます	早安
こんにちは	午安 / 日安
こんばんは	晩安
ただいま	現在 / 馬上
お帰_{かえ}りなさい	歡迎回來
さようなら	再見

托您的福，很好。

おかげさまで、とても元気_{げんき}です。

超迷你句→元気_{げんき}です。

genki desu.

山田先生您好嗎？

山田_{やまだ}さんは、お元気_{げんき}ですか。

超迷你句→お元気_{げんき}ですか。

ogenki desuka.

您家人好嗎？

ご家族の皆さんは、お元気ですか。

超迷你句→皆さんはどうですか。

minasan wa doo desuka.

今天天氣真好啊！

今日はいいお天気ですね。

超迷你句→いい天気ですね。

ii tenki desune.

暑い	熱
寒い	冷
雨	雨
風	風
晴れ	晴天
曇り	陰天

好久不見！

お久_{ひさ}しぶりですね。

超迷你句→**お久_{ひさ}しぶり。**

ohisashiburi.

感謝您多方面的關照。

いろいろ、ありがとうございました。

超迷你句→**ありがとうございました。**

arigatoo gozaimashita.

感謝您的忠告。

アドバイスをありがとうございました。

超迷你句→**アドバイスをどうも。**

adobaisu o doomo.

非常感謝您昨天的關照。

昨日(きのう)はどうもありがとうございました。

超迷你句→**昨日(きのう)はどうも。**

kinoo wa doomo.

想請您指教一下。

ちょっと教(おし)えていただきたいのですが。

超迷你句→**教(おし)えてください。**

oshiete kudasai.

託您的指導。

教(おし)えていただいて、助(たす)かりました。

超迷你句→**ありがとうございました。**

arigatoo gozaimashita.

請您來我家玩。

どうぞ、うちに遊びにいらしてください。

超迷你句→ **どうぞ来てください。**

doozo kite kudasai.

喝杯茶，怎麼樣？

お茶を一杯、いかがですか。

超迷你句→ **お茶を飲みませんか。**

ocha o nomimasenka.

非常謝謝您，打擾了。

ありがとうございます。お邪魔します。

超迷你句→ **お邪魔します。**

ojama shimasu.
（可用在到朋友家拜訪或進別人的房間時）

小專欄

　　如果行李遺失了，請帶行李領取證、護照和機票，向航空公司的失物招領處申報。再確實地告訴航空公司您住宿的飯店及電話，航空公司一找到遺失的行李，便會立即與您聯絡。

5

日本市區圖書館很多，最新的雜誌報紙應有盡有

在圖書館

MP3 14

我是第一次借書。

初^{はじ}めて本^{ほん}を借^かりるんですが。

超迷你句→初^{はじ}めてです。

hajimete desu.

學生證可以嗎？

学生証^{がくせいしょう}でもいいですか。

超迷你句→いいですか。

ii desuka.

（提示學生證說）

想申請借書卡。

貸^かし出^だしカードを作^{つく}りたいんですが。

超迷你句→カードを作^{つく}りたいです。

kaado o tsukuritai desu.

一次可以借幾本書？

一回に、何冊借りられますか。

超迷你句→一回何冊ですか。

ikkai nansatsu desuka.

可以借幾天？

何日間借りられますか。

超迷你句→何日間ですか。

nannichikan desuka.

想借這本書？

この本を借りたいんですが。

超迷你句→これをお願いします。

kore o onegai shimasu.

（遞出想借的書說）

還這本書。

この本を返却します。

超迷你句→返却です。

henkyaku desu.

（遞出要還的書說）

應急單字

雑誌	雜誌
新聞	報紙
絵本	畫本、畫書
小説	小說
漫画	漫畫

有沒有「草枕」這本書？

「草枕」という本はありますか。

超迷你句→「草枕」を捜しています。

kusamakura o sagashite imasu.

有關戲劇的書在哪裡？

演劇についての本は、どこですか。

超迷你句→演劇の本は。

engeki no hon wa.

圖書館裡有這本書嗎？

この本は、図書館にありますか。

超迷你句→ **この本はどこですか。**

kono hon wa doko desuka.

（遞出書單說）

對不起，我還書晚了。

すみません。返すのが遅くなりました。

超迷你句→ **遅れました。**

okuremashita.

（邊還書邊說）

想預約這本書。

この本を、予約したいんですが。

超迷你句→ **予約、お願いします。**

yoyaku onegai shimasu.

想閱讀報紙。

新聞を読みたいのですが。

超迷你句→ **新聞はどこですか。**

shinbun wa doko desuka.

想影印。

コピーを取_とりたいのですが。

<u>超迷你句</u>→**コピーはどこで。**
kopii wa doko de.

有可以喝咖啡的地方嗎？

コーヒーを飲_のむところは、ありますか。

<u>超迷你句</u>→**コーヒーは飲_のめますか。**
koohii wa nomemasuka.

公用電話在哪裡？

公衆電話_{こうしゅうでんわ}はどこですか。

<u>超迷你句</u>→**電話_{でんわ}は。**
denwa wa.

小專欄

支付時，使用信用卡或旅行支票是較為方便的。旅行支票幾乎是世界各地通用的，但有些較小的商店是不收的。支付旅行支票時必須在店員面前簽名，同時提示身份證明。信用卡同時具有證明文件等作用，故最受歡迎。記得簽名時，一定要確認金額的正確無誤。

6

有些餐飲店是有外送服務的

外送

喂！麻煩外送。

もしもし、出前をお願いします。

超迷你句→**出前、お願いします。**

demae onegai shimasu.

我叫高橋。

名前は高橋です。

超迷你句→**高橋です。**

takahashi desu.

住址是明治街７之１，渡邊莊201號室。

住所は明治通り７－１。渡辺荘の２０１号室です。

超迷你句→**明治通り７－１。渡辺荘２０１。**

meeji doori nana no ichi, watanabesoo ni maru ichi.

電話號碼是 1234-5678。

でんわ ばんごう　いちにさんし　の　ごろくしちはち
電話番号は１２３４－５６７８です。

超迷你句→ <ruby>１２３４－５６７８<rt>いちにさんし　の　ごろくしちはち</rt></ruby>です。
ichi ni san shi no go roku shichi hachi desu.

我叫海鮮披薩、生菜沙拉跟一杯可樂。

ちゅうもん
注文はシーフードピザ、サラダ、それからコーラ
ひと
一つです。

超迷你句→シーフードピザ、サラダ、コー<ruby>ラ一つ<rt>ひと</rt></ruby>。
shiifuudo piza, sarada, koora hitotsu.

黑輪套餐跟鰻魚飯各一樣。

おでんセットとうな<ruby>丼<rt>どん</rt></ruby>を<ruby>一<rt>ひと</rt></ruby>つずつください。

超迷你句→おでんセットとうな<ruby>丼<rt>どん</rt></ruby>。
oden setto to unadon.

要花多少時間可以送到？

届くまで時間はどのぐらいかかりますか。
<ruby>届<rt>とど</rt></ruby>くまで<ruby>時間<rt>じかん</rt></ruby>はどのぐらいかかりますか。

超迷你句→**どのぐらいで<ruby>来<rt>き</rt></ruby>ますか。**

dono gurai de kimasuka.

可以在 12 點以前送到嗎？

<ruby>１２時<rt>じゅうにじ</rt></ruby><ruby>前<rt>まえ</rt></ruby>に<ruby>届<rt>とど</rt></ruby>けてもらえますか。

超迷你句→**<ruby>１２時<rt>じゅうにじ</rt></ruby>までに<ruby>お願<rt>ねが</rt></ruby>いします。**

juuniji made ni onegai shimasu.

日語中電話的說法是比較客氣的
電話禮節──打電話

MP3
14

喂！是鈴木先生的家嗎？

もしもし、鈴木さんのお宅ですか。

超迷你句→**鈴木さんですか。**
　　　　　suzuki san desuka.

我是明治大學的學生姓王。

明治大学の王と申しますが。

超迷你句→ **王ですが。**
　　　　　oo desuga.

田中小姐在嗎？

田中さんいらっしゃいますか。

超迷你句→**田中さんは。**
　　　　　tanaka san wa.

回來時，請轉達一下回我電話。

帰ったら電話をくれるよう、田中さんにお伝えくだ
さい

超迷你句→電話をくれるように言ってください。
denwa o kureru yooni itte kudasai.

是不是撥錯電話號碼？

電話番号をお間違えではありませんか。

超迷你句→番号が違いますよ。
bangoo ga chigaimasuyo.

好久不見！

お久しぶりですね。

超迷你句→お久しぶり。
ohisashi buri.

那麼，我再打。

では、また電話します。

超迷你句→ では、また。
dewa mata.

 應急單字

いらっしゃいます	（敬語）在、來、去
お宅 （たく）	府上
伝えます （つた）	傳達、轉告
伝言 （でんごん）	傳話、帶口信
よろしくお願いします （ねが）	麻煩您了

這麼晚，不好意思。

夜分遅くすみません。
（やぶん おそ）

超迷你句→ 夜分にすみません。
（やぶん）

yabun ni sumimasen.

多次跟您打電話，不好意思。

何度もお電話をしてすみません。
（なんど）　　（でんわ）

超迷你句→ 何度もすみません。
（なんど）

nando mo sumimasen.

今晚一起吃晚餐好嗎？

今夜、夕食でもいかがかと思いまして。

超迷你句→ **夕食でもどうですか。**

yuushoku demo doo desuka.

在哪裡碰面？

どこで会いましょうか。

超迷你句→ **どこにしますか。**

doko ni shimasuka.

那麼，再見了。

では失礼いたします。

超迷你句→ **失礼します。**

shitsuree shimasu.

講究電話禮節的日語，大多用尊敬語跟謙讓語

電話禮節──接電話

喂！我是佐藤。

もしもし、佐藤です。

<u>超迷你句</u>→**もしもし。**
moshimoshi.

是，我是。

はい、私です。

<u>超迷你句</u>→**私です。**
watashi desu.

在。

はい、おります。

<u>超迷你句</u>→**います。**
imasu.

請稍等一下。

しょうしょう ま
少々お待ちになってください。

超迷你句→**お待ちください。**

omachi kudasai.

剛剛出去。

いまがいしゅつ
ただ今外出しておりますが。

超迷你句→**今おりません。**

ima orimasen.

有留言嗎？

なに でんごん
何かご伝言はありますか。

でんごん
超迷你句→**ご伝言は。**

godengon wa.

您的留言，我會傳達的。

でんごん つた
ご伝言を伝えておきます。

つた
超迷你句→**伝えておきます。**

tsutaete okimasu.

喂！我是。

もしもし、お電話代わりました。

超迷你句→**もしもし。**

    moshimoshi.

你好嗎？

こんにちは、お元気ですか。

超迷你句→**元気ですか。**

    genki desuka.

非常謝謝您特地來電。

わざわざお電話ありがとうございました。

超迷你句→**お電話をどうも。**

    odenwa o doomo.

那麼，再見了。

それでは失礼します。

超迷你句→**それでは。**

    sore dewa.

9

為使氣氛融洽，可說一些表示感謝的話

接受邀請

MP3
14

好像很好玩，請務必讓我加入。

たの
楽しそうですね、ぜひ仲間に入れてください。

超迷你句→**参加したいです。**
sanka shitai desu.

好啊！請務必讓我一起去。

いいですね、ぜひごいっしょさせていただきたい
です。

超迷你句→**ぜひ行きたいです。**
zehi ikitai desu.

第**12**章
日常生活會話

すみません、土曜日は都合が悪いです。

超迷你句→**土曜日はだめです。**

doyoobi wa dame desu.

行きたいですけれど、ちょっと用事がありまして。

超迷你句→**用事があって、行けません。**

yooji ga atte, ikemasen.

行けなくて、本当に残念です。

超迷你句→**残念です。**

zannen desu.

非常謝謝您特地的邀請。

わざわざ誘（さそ）ってくださって、ありがとうございます。

超迷你句→**ありがとうございました。**
arigatoo gozaimashita.

下回再邀我喔！

また誘（さそ）ってください。

超迷你句→**また次（つぎ）の機会（きかい）に。**
mata tsugi no kikai ni.

愉快的期待著。

楽（たの）しみにしています。

超迷你句→**楽（たの）しみです。**
tanoshimi desu.

隨手
筆記

第十三章

各種基本表現

1

説話時語氣要很誠懇

感謝

謝謝您！

ありがとうございました。
arigatoo gozaimashita.

非常謝謝！

どうもありがとう。
doomo arigatoo.

非常謝謝！

どうもすみません。
doomo sumimasen.

不好意思。

恐れ入ります。
osore irimasu.

謝謝您的親切。

ご親切にありがとう。

goshinsetsu ni arigatoo.

謝謝您的照顧。

お世話になりました。

osewa ni narimashita.

不曉得如何感謝您。

お礼の言葉もありません。

oree no kotoba mo arimasen.

不客氣！

どういたしまして。

doo itashimashite.

彼此！彼此！

こちらこそ。

kochira koso.

沒什麼！

何^{なん}でもありません。

nandemo arimasen.

請不要客氣！

遠慮^{えんりょ}しないでください。

enryo shinaide kudasai.

2 道歉

該道歉的時候就要誠心道歉

道歉

對不起！

すみません。
sumimasen.

對不起！

ごめんなさい。
gomen nasai.

失禮了。

失礼^{しつれい}しました。
shitsuree shimashita.

非常抱歉！

申^{もう}しわけございません。
mooshi wake gozaimasen.

請原諒我！

お許しください。
oyurushi kudasai.

帶給您麻煩，不好意思。

ご迷惑をおかけしました。
gomeewaku o okake shimashita.

對不起，弄錯人了。

ごめんなさい。人違いでした。
gomen nasai. hitochigai deshita.

對不起，讓您久等了。

すみません。お待たせしました。
sumimasen. omatase shimashita.

不！沒有關係。

いいえ、かまいません。
iie, kamaimasen.

不！沒有問題。

いいえ、大丈夫です。

iie, daijoobu desu.

沒什麼。

なんでもありません。

nandemo arimasen.

沒有關係。

いいんですよ。

iin desuyo.

請不要擔心。

心配しないでください。

shinpai shinaide kudasai.

請不要放在心上。

気にしないでください。

kini shinaide kudasai.

3

能好好掌握就是交際高手了

隨聲應和

MP3
15

是嘛！

そうですね。
soo desune.

真的嗎？

<ruby>本当<rt>ほんとう</rt></ruby>ですか。
hontoo desuka.

我知道了。

わかりました。
wakari mashita.

當然。

もちろんです。
mochiron desu.

真好啊！

いいですね。
ii desune.

我也這麼認為。

私もそう思います。
watashi mo soo omoimasu.

對！對！

そうそう。
soo soo.

那很好啊！

それはいいですね。
sore wa ii desune.

就是那樣。

その通りです。
sono toori desu.

那也是啊！

それもそうです。
soremo soo desu.

原來如此。

なるほど。
naruhodo.

然後呢？

それから。
sorekara.

小專欄

在飯店裡要求洗衣服務時，請把衣服放在客房裡備有的送洗衣袋裡，並在送洗單上填妥您的房間號碼及姓名，交代服務員一聲或放在房裡即可。通常送洗須花兩天的時間，如果時間緊急也可要求當天洗好，但是要加收費用。又，星期六、日大都休息，請注意。

公共場所設限必多，到時候可要問一下周圍的人

徵求同意

坐在這裡可以嗎？

ここに座^{すわ}ってもいいですか。
koko ni suwattemo ii desuka.

可以一起嗎？

ごいっしょしてもいいですか。
goissho shitemo ii desuka.

可以請您告訴我您的電話號碼嗎？

電話番号^{でんわばんごう}を教^{おし}えてもらえませんか。
denwa bango o oshiete morae masenka.

可以坐在這裡嗎？

ここに座^{すわ}ってもいいですか。
kokoni suwattemo ii desuka.

可以拍照嗎？

写真をとってもよろしいですか。

shashin o tottemo yoroshii desuka.

可以在這裡抽煙嗎？

タバコを吸ってもかまいませんか。

tabako o suttemo kamaimasenka.

稍微休息一下可以嗎？

少し休んでもいいですか。

sukoshi yasundemo ii desuka.

這個可以借我一下嗎？

これを借りてもかまいませんか。

kore o karitemo kamaimasenka.

這個能給我嗎？

これをもらってもよろしいですか。

kore o morattemo yoroshii desuka.

可以用美金付款嗎？

ドルで払<ruby>払<rt>はら</rt></ruby>ってもよろしいですか。

doru de harattemo yoroshii desuka.

有人在嗎？

<ruby>入<rt>はい</rt></ruby>ってますか。（トイレ）

haitte masuka.(toire)

可以看一下嗎？

<ruby>見<rt>み</rt></ruby>てもかまいませんか。

mitemo kamaimasenka.

什麼事？

何^{なん}ですか。

nan desuka.

什麼？

何^{なん}でしょうか。

nan deshooka.

什麼？

えっ。

e.

麻煩再說一遍。

もう一度^{いちど}お願^{ねが}いします。

moo ichido onegai shimasu.

請您再說一遍。

もう一度言ってください。

moo ichido itte kudasai.

請您再說一遍，好嗎？

もう一度おっしゃってください。

moo ichido osshatte kudasai.

您說的我不太了解。

おっしゃることがよくわかりませんが。

ossharu koto ga yoku wakarimasen ga.

我聽不太清楚。

よく聞き取れませんでしたが。

yoku kikitoremasen deshitaga.

請再說慢一點。

もう少しゆっくり言ってください。

moo sukoshi yukkuri itte kudasai.

可以請您寫漢字嗎？

漢字で書いてもらえませんか。

kanji de kaite moraemasenka.

我說的您了解嗎？

私の言うことがわかりませんか。

watashi no iu koto ga wakarimasenka.

就用「お願いします」跟「ください」

請求、委託

MP3
15

麻煩，一杯咖啡。

コーヒーをお願いします。
koohii o onegai shimasu.

請給我果汁。

ジュースをください。
juusu o kudasai.

我要買這件衣服。

この服がほしいのですが。
kono fuku ga hoshii no desuga.

想要這個。

これがほしいのですが。
kore ga hoshii no desuga.

麻煩結帳。

お勘定をお願いします。

okanjoo o onegai shimasu.

請告訴我怎麼走？

道を教えてください。

michi o oshiete kudasai.

麻煩，新宿車站。

新宿駅までお願いします。

shinjuku eki made onegai shimasu.

麻煩幫我叫一部計程車。

タクシーを呼んでほしいのですが。

takushii o yonde hoshii no desuga.

幫我抬行李一下好嗎？

荷物を運んでくれませんか。

nimotsu o hakonde kuremasenka.

能帶我去醫院嗎？

病院へ連れていってもらえませんか。
<ruby>病院<rt>びょういん</rt></ruby>へ<ruby>連<rt>つ</rt></ruby>れていってもらえませんか。

byooin e tsurete itte moraemasenka.

能幫我拍照嗎？

<ruby>写真<rt>しゃしん</rt></ruby>をとっていただけませんか。

shasin o totte itadakemasenka.

能幫我拍照嗎？

<ruby>原宿<rt>はらじゅく</rt></ruby>に<ruby>行<rt>い</rt></ruby>きたいのですが。

harajuku ni ikitai no desuga.

7 叫喚對方

「すみません」含有抱歉給您添了麻煩跟感謝之意

MP3 15

對不起。/ 請問。

すみません。
sumimasen.

請問，這裡有人坐嗎？

すみません、ここは空いていますか。
sumimasen, koko wa aite imasuka.

嗯，我想向你請教一下。

あの、道をお尋ねしたいのですが。
ano, michi o otazune shitai no desuga.

對不起。給我這個。

すみません、これください。
sumimasen, kore kudasai.

對不起。這個能給我看一下嗎？

ちょっと、これを見せてください。

chotto, kore o misete kudasai.

能請教一下嗎？

ちょっとお聞きしたいんですが。

chotto okiki shitain desuga.

請問，現在幾點？

あの、今何時ですか。

ano, ima nanji desuka.

麻煩一下。

すみません、お願いします。

sumimasen, onegai shimasu.

對不起。麻煩一下。

ちょっといいですか。

chotto ii desuka.

讓我看一下。

見せてください。
misete kudasai.

請先（走、做）。

お先にどうぞ。
osaki ni doozo.

小專欄

　　最近到過台灣的日本人常說台灣人真有福氣，因為我們可以
免費的在大安公園、中正紀念堂等地，欣賞到具國際水準的音樂
會、傳統的歌舞節目。在日本可以隨時欣賞到一流的國際性音
樂、舞蹈及歌劇。也可以觀賞日本的傳統戲劇「能」，及相對於
「能」而受一般民眾喜愛的「歌舞伎」。但都是必須付費的。

詢問別人時，盡可能簡單扼要

詢問

這個多少錢？

これいくらですか。
kore ikura desuka.

可以打折扣嗎？

<ruby>割引<rt>わりびき</rt></ruby>はありますか。
waribiki wa arimasuka.

她幾歲了？

<ruby>彼女<rt>かのじょ</rt></ruby>はいくつですか。
kanojo wa ikutsu desuka.

請問這家飯店怎麼走？

ホテルはどう<ruby>行<rt>い</rt></ruby>けばいいですか。
hoteru wa doo ikeba ii desuka.

走路要花多少時間？

歩<ruby>歩<rt>ある</rt></ruby>いてどのぐらいかかりますか。

aruite dono gurai kakarimasuka.

電話在哪裡？

<ruby>電話<rt>でんわ</rt></ruby>はどこですか。

denwa wa doko desuka.

男生廁所在哪裡？

<ruby>男性用<rt>だんせいよう</rt></ruby>トイレはどこですか。

danseeyoo toire wa doko desuka.

這個在哪裡有賣？

これはどこで<ruby>売<rt>う</rt></ruby>っていますか。

kore wa dokode utte imasuka.

這個是什麼？

これは<ruby>何<rt>なん</rt></ruby>ですか。

kore wa nan desuka.

這個是什麼意思？

これはどういう意味（いみ）ですか。
kore wa doo iu imi desuka.

現在幾點？

今（いま）、何時（なんじ）ですか。
ima, nanji desuka.

這個日語怎麼說？

これは日本語（にほんご）で何（なん）と言（い）いますか。
kore wa nihongo de nanto iimasuka.

有問題就提出來問

有疑問時

你在做什麼？

何^{なに}をしていますか。

nani o shite imasuka.

你要去哪裡？

どこへ行^いきますか。

doko e ikimasuka.

你去做什麼？

何^{なに}をしに行^いきますか。

nani o shini ikimasuka.

跟誰一起去？

誰^{だれ}と行^いきますか。

dare to ikimasuka.

為什麼？

どうしてですか。
dooshite desuka.

為什麼不行？

どうしてだめですか。
dooshite dame desuka.

為什麼是我呢？

どうして私ですか。
dooshite watashi desuka.

為什麼那麼慌慌張張的呢？

どうしてそんなにあわてていますか。
dooshite sonnani awatete imasuka.

想去哪裡呢？

どうでしたか。
doo deshitaka.

為什麼會變成這樣呢？

どこへ行きたいですか。
doko e ikitai desuka.

想吃什麼？

何を食べたいですか。
nani o tabetai desuka.

為什麼會變成這樣呢？

なぜこうなるのでしょうか。
naze koonaru no deshooka.

是誰呢？

誰でしたか。
dare deshitaka.

那樣好嗎？

それでいいですか。
sorede ii desuka.

10

症狀要明確說明

身體不舒服

MP3 15

感覺不舒服。

気分が悪いです。

kibun ga warui desu.

頭暈。

めまいがします。

memai ga shimasu.

呼吸困難。

息切れがします。

ikigire ga shimasu.

身體發冷。

寒気がします。

samuke ga shimasu.

第**13**章 各種基本表現

有點感冒。

風邪気味です。

kaze gimi desu.

身體感覺疲倦。

体がだるいです。

karada ga darui desu.

頭痛。

頭が痛いです。

atama ga itai desu.

好像發燒。

熱っぽいです。

netsuppoi desu.

咳個不停。

咳がひどいです。

seki ga hidoi desu.

肚子痛。

おなかが痛いです。
onaka ga itai desu.

肚子拉個不停。

下痢がとまらないんです。
geri ga tomaranain desu.

食慾不振。

食欲がないんです。
shokuyoku ga nain desu.

牙痛。

歯が痛いです。
ha ga itai desu.

腰痛。

腰が痛いです。
koshi ga itai desu.

眼睛疼痛。

目<ruby>目<rt>め</rt></ruby>が<ruby>痛<rt>いた</rt></ruby>みます。

me ga itamimasu.

左耳疼痛。

<ruby>左<rt>ひだり</rt></ruby>の<ruby>耳<rt>みみ</rt></ruby>が<ruby>痛<rt>いた</rt></ruby>みます。

hidari no mimi ga itamimasu.

鼻水流個不停。

<ruby>鼻水<rt>はなみず</rt></ruby>がとまらないんです。

hanamizu ga tomaranain desu.

越來越痛。

<ruby>痛<rt>いた</rt></ruby>みがだんだんひどくなります。

itami ga dandan hidoku narimasu.

左腳浮腫。

<ruby>左足<rt>ひだりあし</rt></ruby>がむくんでいます。

hidariashi ga mukunde imasu.

膝蓋疼痛。

膝が痛いです。
hiza ga itai desu.

右背癢。

背中の右側がかゆいです。
senaka no migigawa ga kayui desu.

單字複習

・スチュワーデス	空中小姐
・通路側 つうろがわ	走道
・窓側 まどがわ	窗邊
・手荷物 てにもつ	手提行李
・離陸 りりく	起飛
・着陸 ちゃくりく	降落
・ビーフ	魚
・魚 さかな	魚
・アルコール	含酒精成分飲料
・白ワイン しろ	白葡萄酒
・コーラ	可樂
・オレンジジュース	柳橙汁
・タバコ	香煙
・カートン	條（香煙10盒）
・香水 こうすい	香水
・化粧品 けしょうひん	化妝品
・財布 さいふ	皮包
・酒 さけ	酒

・新聞（しんぶん）	新聞
・雑誌（ざっし）	雜誌
・毛布（もうふ）	毛毯
・枕（まくら）	枕頭
・ヘッドホン	耳機
・入国カード（にゅうこく）	入境卡
・シートベルト	安全帶
・禁煙（きんえん）	禁煙
・サイン	信號
・トイレ	廁所
・荷物棚（にもつ だな）	行李架
・非常用ボタン（ひじょうよう）	緊急按扭
・出国審査（しゅっこく しんさ）	入境審查
・税関（ぜいかん）	稅關
・パスポート	護照
・搭乗券（とうじょうけん）	登機證
・出国カード（しゅっこく）	入境卡
・ビザ	簽證

單字複習

・学生（がくせい）	學生
・会社員（かいしゃいん）	上班族
・研究員（けんきゅういん）	研究員
・先生（せんせい）	老師
・記者（きしゃ）	記者
・主婦（しゅふ）	主婦
・独身（どくしん）	單身
・結婚（けっこん）	結婚
・国籍（こくせき）	國籍
・名前（なまえ）	姓名
・生年月日（せいねんがっぴ）	出生年月日
・職業（しょくぎょう）	職業
・スーツケース	行李箱
・箱（はこ）	箱子
・荷物（にもつ）	行李
・到着ロビー（とうちゃく）	入境大廳
・荷物カート（にもつ）	手推車
・搭乗便名（とうじょうびんめい）	登機航班編號

・課税 (かぜい)	課稅
・免税 (めんぜい)	免稅
・果物 (くだもの)	水果
・干物 (ひもの)	乾料
・本 (ほん)	書
・ビデオカメラ	攝影機
・ドル	美金
・台湾ドル (たいわん)	台幣
・日本円 (にほん えん)	日幣
・マルク	馬克
・ポンド	英鎊
・フラン	法郎
・リムジンバス	機場專用巴士
・電車 (でんしゃ)	電車
・地下鉄 (ちかてつ)	地鐵
・タクシー	計程車
・駅員 (えきいん)	站員
・乗り場 (の ば)	上車處

・シングルルーム	單人房
・ダブルルーム	一張床的雙人房
・ツインルーム	兩張床的雙人房
・スイートルーム	總統套房
・洋室 （ようしつ）	西式房間
・和室 （わしつ）	和室
・一泊 （いっぱく）	一晚
・二泊 （にはく）	二晚
・三泊 （さんぱく）	三晚
・四泊 （よんはく）	四晚
・五泊 （ごはく）	五晚
・六泊 （ろっぱく）	六晚
・税金 （ぜいきん）	税金
・サービス料 （りょう）	服務費
・朝食付き （ちょうしょくつき）	附早餐
・二食付き （にしょくつき）	附兩餐
・割引 （わりびき）	打折
・満室 （まんしつ）	客滿

・フロント	櫃臺
・ロビー	大廳
・フロント係員	櫃臺工作人員
・支配人	經理
・ベルボーイ	服務員
・ポーター	搬運行李服務員
・大きい	大的
・小さい	小的
・明るい	明亮的
・静か	安靜的
・安い	便宜的
・高い	貴的
・前払い	先付款
・一括払い	一次付清
・先払い	先付款
・宿泊カード	住宿登記卡
・名前	姓名
・住所	住址

單字複習

・ウェルカムサービス	迎賓服務
・ランドリーサービス	洗衣服務
・モーニングコール	叫醒服務
・医療サービス	醫療服務
・予約サービス	（各種）預約服務
・ガイドサービス	（旅遊等）觀光資訊服務
・ドライヤー	吹風機
・枕	枕頭
・ポット	熱水瓶，壺
・グラス	玻璃杯
・スリッパ	拖鞋
・布団	棉被
・ワイシャツ	（男）襯衫
・ズボン	褲子
・スーツ	套裝
・セーター	毛衣
・ブラウス	（女）襯衫
・下着	內衣褲

・石<ruby>せっ</ruby>けん	肥皂
・歯<ruby>は</ruby>ブラシ	牙刷
・トイレットペーパー	衛生紙
・靴<ruby>くつ</ruby>べら	鞋拔
・スタンド	檯燈
・ハンガー	衣架
・一日<ruby>いちにち</ruby>	一天
・二日<ruby>ふつか</ruby>	兩天
・三日<ruby>みっか</ruby>	三天
・四日<ruby>よっか</ruby>	四天
・五日<ruby>いつか</ruby>	五天
・六日<ruby>むいか</ruby>	六天
・精算書<ruby>せいさんしょ</ruby>	清單
・支払<ruby>しはら</ruby>い	支付
・部屋代<ruby>へやだい</ruby>	客房費
・飲食代<ruby>いんしょくだい</ruby>	餐飲費
・電話代<ruby>でんわだい</ruby>	電話費
・現金<ruby>げんきん</ruby>	現金

・時間<ruby>じかん</ruby>	時間
・様<ruby>さま</ruby>	接在人名、稱呼下表示尊敬
・お名前<ruby>なまえ</ruby>	貴姓大名
・お電話番号<ruby>でんわ ばんごう</ruby>	您的電話號碼
・座席<ruby>ざせき</ruby>	座位
・テーブル	桌子
・ウェイター	男服務生
・ウェイトレス	女服務生
・空席<ruby>くうせき</ruby>	空座位
・相席<ruby>あいせき</ruby>	共用一張桌子
・案内<ruby>あんない</ruby>	指引跟導覽的意思
・メニュー	菜單
・日替わり定食<ruby>ひ が ていしょく</ruby>	每日套餐
・朝食<ruby>ちょうしょく</ruby>	早餐
・昼食<ruby>ちゅうしょく</ruby>	中餐
・夕食<ruby>ゆうしょく</ruby>	晚餐
・夜食<ruby>やしょく</ruby>	宵夜
・すし	壽司

・刺身<ruby>刺身<rt>さしみ</rt></ruby>	生魚片
・そば	蕎麥麵
・焼き魚<rt>や ざかな</rt>	烤魚
・ご飯<rt>はん</rt>	飯
・みそ汁<rt>しる</rt>	味噌湯
・コーヒー	咖啡
・紅茶<rt>こうちゃ</rt>	紅茶
・ジュース	果汁
・水<rt>みず</rt>	水
・ミルク	牛奶
・レア	半熟的
・ミディアムレア	近中等程度
・ミディアム	煎到中等程度
・ウェルダン	煎熟
・サーロイン	沙朗
・Ｔボーン	丁骨
・辛い<rt>から</rt>	辣
・甘い<rt>あま</rt>	甜

單字複習

・苦い (にが)	苦
・酸っぱい (す)	酸
・塩辛い (しおから)	鹹
・ビール	啤酒
・生ビール (なま)	生啤酒
・ウイスキー	威士忌
・カクテル	雞尾酒
・日本酒 (にほんしゅ)	日本酒
・焼酎 (しょうちゅう)	燒酒
・砂糖 (さとう)	砂糖
・塩 (しお)	鹽
・ケチャップ	蕃茄醬
・胡椒 (こしょう)	胡椒
・しょう油 (ゆ)	醬油
・酢 (す)	醋
・ナイフ	刀子
・フォーク	叉子
・スプーン	湯匙

・グラス	玻璃杯
・コップ	杯子
・灰皿 (はいざら)	煙灰缸
・勘定 (かんじょう)	算帳
・いっしょに	一起
・別々に (べつべつ)	個別
・ごちそうさま	謝謝，感謝您的款待
・お一人様 (ひとりさま)	一位
・フライドポテト	炸薯條
・アップルパイ	蘋果派
・シェイク	奶昔
・ナプキン	紙巾
・ミルク	奶精
・砂糖 (さとう)	砂糖
・パソコン	個人電腦
・ラジカセ	收音機
・ステレオ	音響
・カメラ	照相機

單字複習

・ビデオカメラ	攝影機
・CD プレーヤー	CD 播放機
・婦人服 <ruby>婦<rt>ふ</rt></ruby><ruby>人<rt>じん</rt></ruby><ruby>服<rt>ふく</rt></ruby>	女裝
・紳士服	男裝
・子供服	童裝
・家具	家具
・電気用品	家電製品
・日用品	日常用品
・ワイシャツ	（男）襯衫
・ズボン	褲子
・ジャケット	夾克
・スーツ	套裝
・コート	大衣
・ワンピース	洋裝
・赤い	紅色
・黒い	黑色
・黄色い	黃色
・白い	白色

・茶色	茶色
・ピンク	粉紅色
・絹	絲，綢子
・麻	麻
・毛（ウール）	毛
・ナイロン	尼龍
・革	皮
・布	布
・靴下	襪子
・ベルト	皮帶
・くつ	鞋子
・パンプス	女用皮鞋
・長靴	長筒靴子
・ネクタイ	領帶
・台湾製	台灣製
・イタリア製	義大利製
・日本製	日本製
・中国製	中國製

・アメリカ製	美國製
・あちら製	外國製
・アクセサリー	配飾
・イヤリング	耳環
・ネックレス	項錬
・指輪	戒指
・ペンダント	（鑲有墜飾的）耳環、項錬
・サファイア	紅寶石
・ブラウス	（女）襯衫
・セーター	毛衣
・カーディガン	開襟毛衣
・ベスト	女背心
・ジーパン	牛仔褲
・小さい	小的
・大きい	大的
・長い	長的
・短い	短的
・高い	高的，貴的

・低_{ひく}い	低的
・下着_{したぎ}	內衣褲
・ブラジャー	胸罩
・ストッキング	絲襪
・ハンカチ	手帕
・スカーフ	絲巾
・マフラー	圍巾
・安_{やす}い	便宜的
・高_{たか}い	貴的
・ディスカウント	打折
・割引_{わりびき}	打折
・偽物_{にせもの}	仿冒品
・本物_{ほんもの}	真貨
・VISA	VISA 卡
・Master	Master 卡
・UC	UC 卡
・アメリカン・エクスプレス	American Express 卡
・JCB	JCB 卡

・汚れ（よご）	污垢
・しみ	污垢
・ほつれ	脱線
・破れている（やぶ）	破洞
・不良品（ふりょうひん）	不良品
・一日ツアー（いちにち）	一天行程觀光團
・半日ツアー（はんにち）	半天行程觀光團
・ナイトツアー	晚上行程觀光團
・フェリーのツアー	渡輪之旅
・温泉ツアー（おんせん）	溫泉之旅
・お花見ツアー（はなみ）	賞花之旅
・名所（めいしょ）	名勝地區
・お寺（てら）	寺廟
・神社（じんじゃ）	神社（日本獨特專屬寺廟）
・お城（しろ）	城堡
・古い町（ふる まち）	古街
・美術館（びじゅつかん）	美術館
・水族館（すいぞくかん）	水族館

・遊園地 ゆうえんち	遊樂園
・牧場 ぼくじょう	牧場
・ディズニーランド	迪斯奈樂園
・東京タワー とうきょう	東京鐵塔
・中国語 ちゅうごくご	中國話
・英語 えいご	英語
・日本語 にほんご	日語
・日帰り ひがえ	一天往返（遊覽）
・待ち合わせ ま あ	集合
・受付 うけつけ	接待；櫃臺
・入場料 にゅうじょうりょう	入場費
・入浴料 にゅうよくりょう	入浴費
・食事代 しょくじだい	用餐費
・交通費 こうつうひ	交通費
・別料金 べつりょうきん	額外收費
・海 うみ	海
・川 かわ	河川
・山 やま	山

單字複習

・景色<ruby>けしき</ruby>	景色
・きれい	漂亮、美麗
・すばらしい	極美、壯觀
・劇場<ruby>げきじょう</ruby>	劇場
・映画館<ruby>えいがかん</ruby>	電影院
・公園<ruby>こうえん</ruby>	公園
・歌舞伎座<ruby>かぶきざ</ruby>	歌舞伎座（日本傳統歌劇劇院）
・グラウンド	運動場
・武道館<ruby>ぶどうかん</ruby>	武道館（室內運動場）
・ライブ	現場演唱會
・オペラ	歌劇
・ミュージカル	歌舞劇
・路上パフォーマンス<ruby>ろじょう</ruby>	街頭表演（演唱）
・右<ruby>みぎ</ruby>	右邊
・左<ruby>ひだり</ruby>	左邊
・隣<ruby>となり</ruby>	隔壁
・右<ruby>みぎ</ruby>に曲<ruby>ま</ruby>がる	右轉
・突<ruby>つ</ruby>き当<ruby>あ</ruby>たり	盡頭

・まっすぐ行く	直走
・信号	紅綠燈
・交差点	十字路口
・大通り	大馬路
・踏切	平交道
・横断歩道	斑馬線
・公衆電話	公用電話
・出口	出口
・入り口	入口
・乗り換え	換車
・乗り越す	坐過站
・ホーム	月台
・運転手	司機
・切符	車票
・回数券	回數票
・乗車券	車票
・周遊券	周遊券
・運賃	車費

単字複習

・航空便 こうくうびん	航空（信）
・船便 ふなびん	船運
・郵便番号 ゆうびんばんごう	郵遞區號
・速達 そくたつ	快遞
・書留 かきとめ	掛號信
・印刷物 いんさつぶつ	印刷品
・指名電話 しめいでんわ	指名電話
・番号通話 ばんごうつうわ	不指名電話
・コレクトコール	對方付費電話
・パトカー	警車
・消防車 しょうぼうしゃ	消防車
・救急車 きゅうきゅうしゃ	救護車
・警察 けいさつ	警察
・１１０番 ひゃくとおばん	110
・１１９番 ひゃくじゅうきゅうばん	119
・頭痛 ずつう	頭痛
・腹痛 ふくつう	肚子痛
・下痢 げり	瀉肚子

・歯痛（はいた）	牙痛
・けが	受傷
・やけど	燙傷
・薬（くすり）	藥
・風邪薬（かぜぐすり）	感冒藥
・胃腸薬（いちょうやく）	胃腸藥
・目薬（めぐすり）	眼藥
・うがい薬（ぐすり）	漱口藥水
・かゆみ止め（ど）	止癢（藥膏）
・軟膏（なんこう）	軟膏
・湿布（しっぷ）	藥布
・包帯（ほうたい）	繃帶
・栄養剤（えいようざい）	營養藥品
・会社（かいしゃ）	公司
・工場（こうじょう）	工廠
・学校（がっこう）	學校
・店（みせ）	商店
・大使館（たいしかん）	大使館

・病院 (びょういん)	醫院
・アパート	公寓
・マンション	高級公寓
・礼金 (れいきん)	給房東的酬謝金
・敷金 (しききん)	押金，保證金
・階段 (かいだん)	階梯
・部屋 (へや)	房間
・台所 (だいどころ)	廚房
・浴室 (よくしつ)	浴室
・ガス	瓦斯
・電気 (でんき)	電
・暖房 (だんぼう)	暖氣
・冷房 (れいぼう)	冷氣
・おはようございます	早安
・こんにちは	午安 / 日安
・こんばんは	晚安
・ただいま	現在 / 馬上
・お帰りなさい (かえ)	歡迎回來

・さようなら	再見
・暑い	熱
・寒い	冷
・雨	雨
・風	風
・晴れ	晴天
・曇り	陰天
・雑誌	雜誌
・新聞	報紙
・絵本	畫本、畫書
・小説	小說
・漫画	漫畫
・いらっしゃいます	（敬語）在、來、去
・お宅	府上
・伝えます	傳達、轉告
・伝言	傳話、帶口信
・よろしくお願いします	麻煩您了

單
字
複
習

國家圖書館出版品預行編目資料

超迷你 自助旅行日語 / 小林英子, 渡
邊由里合著. – 新北市：哈福企業有
限公司, 2024.05
　　面；　公分. – (日語系列；32)
ISBN 978-626-7444-08-5 (平裝)
1.CST: 日語 2.CST: 會話
803.188　　　　　　　113003569

免費下載QR Code音檔
行動學習，即刷即聽

超迷你 自助旅行日語
(QR Code版)

作者／小林英子, 渡邊由里
責任編輯／林小瑜
封面設計／李秀英
內文排版／林樂娟
出版者／哈福企業有限公司
地址／新北市淡水區民族路 110 巷 38 弄 7 號
電話／(02) 2808-4587　傳真／(02) 2808-6545
郵政劃撥／31598840
戶名／哈福企業有限公司
出版日期／2024 年 5 月
台幣定價／379 元 (附線上 MP3)
港幣定價／126 元 (附線上 MP3)
封面內文圖／取材自 Shutterstock

全球華文國際市場總代理／采舍國際有限公司
地址／新北市中和區中山路 2 段 366 巷 10 號 3 樓
電話／(02) 8245-8786　傳真／(02) 8245-8718
網址／ www.silkbook.com 新絲路華文網

香港澳門總經銷／和平圖書有限公司
地址／香港柴灣嘉業街 12 號百樂門大廈 17 樓
電話／(852) 2804-6687
傳真／(852) 2804-6409

email ／ welike8686@Gmail.com
facebook ／ Haa-net 哈福網路商城

電子書格式：PDF

哈福